秦岭是座父亲山

QIN LING SHI ZUO FU QIN SHAN

◎阮杰 著

陕西新华出版
陕西旅游出版社

图书在版编目(CIP) 数据

秦岭是座父亲山 / 阮杰著. — 西安 : 陕西旅游出版社, 2018.10（2024.1重印）
ISBN 978-7-5418-3669-5

Ⅰ. ①秦… Ⅱ. ①阮… Ⅲ. ①散文集－中国－当代 Ⅳ. ①I267

中国版本图书馆 CIP 数据核字(2018)第 145963 号

秦岭是座父亲山 阮 杰 著

责任编辑：晋枫森
出版发行：陕西新华出版传媒集团 陕西旅游出版社
（西安市曲江新区登高路 1388 号 邮编：710061）
电 话：029-85252285
经 销：全国新华书店
印 刷：盛大（天津）印刷有限公司
开 本：787mm×1092mm 1/16
印 张：9.75
字 数：150 千字
版 次：2018 年 10 月 第 1 版
印 次：2024 年 1 月 第 2 次印刷
书 号：ISBN 978-7-5418-3669-5
定 价：68.00 元

◎作者阮杰与著名作家穆涛合影

中国作家协会副主席、陕西省作协主席贾平凹题写书名
著名作家、《美文》杂志副主编

穆涛隆重推荐

秦岭是厚重的。司马迁讲，『秦岭天下之大阻也』，他是从中国地理分野角度讲的。阮杰是在秦岭深处长大的，长了近六十年，长成了秦岭的一个小细胞。他是以家里人的视角写秦岭，写生养他的这方水土的德与亲。这本书可以视为他自己的秦岭志。

序

岭上风景新

◎陈长吟

这几年，我喜欢去秦岭山中的宁陕县转悠。一是那儿的风景好，筒车湾的水，上坝河的花，平河梁的草甸好打滚，苍龙峡的奇石能入画……美景养眼，心旷神怡；二是那儿的空气好，负氧离子丰沛，清风里挟裹着草香的甜味儿，吸几口如饮甘露……让人把胸中在都市里郁积下的腐气闷气，冲刷得一干二净；三是那儿的朋友好，古道热肠，赤诚相对，土酒粗茶，谈笑自然，可以击盆奏乐，可以坦腹而歌……生态没有受污染，饭菜没有受污染，人也没有受污染。

阮杰是那里文艺界的头儿，更是朋友中的朋友。他广交天下贤士，带大家去山中陶醉绿色，把宁陕的美丽推送到外界。

阮杰善摄影，相机不离身，他走遍了宁陕的山山水水，拍下了无数的珍贵镜头。你要看秦岭的美景，得找他；你要探古道的旧事，得找他；你要尝山镇的美食，得找他；你要见小城的美女，还得找他……

阮杰善散文，一支朴素的笔，描写着色彩丰富的世界。在这本书里，他唱出《山有魂》《水有根》《人有情》，他带我们游览《金鸭浮舟——城隍庙》《蓬莱仙境——石佛台》

《宁陕花屋》，这《南山村》《盐店古街》都是《情感家园》，那《山乡鸟语》《五郎关记忆》均为《美丽乡愁》……

书中有一篇散文，令我读后羡慕不已，这便是《山居是福》。阮杰是画者，他这样描绘："坐在窗前，花草的清香不时在我身边飘过，蓝天映照微绿的河水。望着对面葱郁静美的山峦，沉浸在山的静美情趣之中。"这情景，我在秦岭山中漫游时也曾感受过，但我是走马观花，眼福短暂，而阮杰是拥花自艳，山水常伴。阮杰是歌者，他这样吟诵："山是云的眷恋，云是山的衷情，而雾是云的精灵，云雾迷蒙，山色奇秀，诗中有画、画中有诗的佳境，如一首深知禅理，融画意、诗意、禅理于一体的山水诗。"我能体会，但不能深悟，实乃道行不够也。阮杰是哲者，他这样感慨："家乡特有的山水风光，孕育了一方人对生活的真情感悟，陶冶了山民纯净的心灵。面对青山绿水，人们往往会发出这样的感叹：自然之美缘于上帝的恩赐，生活之美缘于社会的进步，身居山中要知福，珍爱自然、开发自然、感受自然，这便是最大的福了。"这完全是主人公的态度了。

南北朝时的文学家，人称"山中宰相"的陶弘景曾写过一首诗：

山中何所有，
岭上多白云。
只可自怡悦，
不堪持赠君。

古代交通不便，山里人烟稀少，传播工具更匮乏，因此陶弘景的所观所感，无法让更多的人领略。现在不同了，高速路四通八达，互联网升天入地，于是我站在陕南人的立场上，将这首诗改了一下：

山中何所有，
岭上风景新。
除了自怡悦，
还可持赠君。

现在，阮杰已把风景描绘出来送给大家，那么，大家就来欣赏吧，怡悦吧。

2018年3月中旬于西安迎春巷

目录
CONTENTS

天华山瀑布

寨沟田园

上卷 山水清音

SHANG JUAN SHAN SHUI QING YIN

与秦岭这座『父亲山』相伴相生，是我们的幸运。遥望月明星稀的夜空，不仅感叹，不仅欣慰，还有许多感悟：这世上有了山，则少了些单调；世上有了山，则多了些神韵。爱山，爱的是富饶、美丽、博大和雄奇；敬山，敬的是伟岸、坚强、厚重和深沉。当你走进秦岭，定会忘记人间的一切喧嚣烦忧，惊叹于这天地造就的景物。

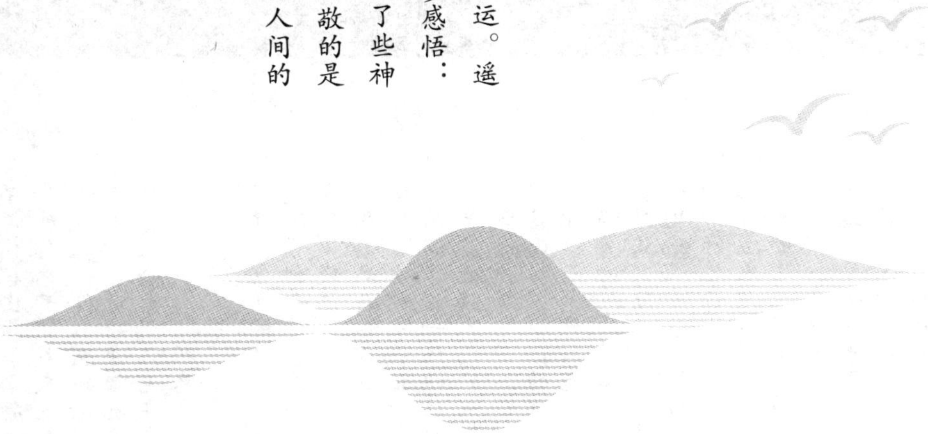

把佩戴在胸前的果实
捧献在人们的面前
早晨你托出红彤彤的朝霞
傍晚你擎着明月或星光灿烂
人民为你穿红戴绿辛勤打扮
于是，你这般潇洒英俊
只有在今天，只是在今天
你光彩照人，新意盎然

沉睡多少年的梦已被唤醒
被时代刻写你古老的岁月
今日又焕发青春
富裕之路绕你攀登
插转台为你装饰崭新年龄
你高高擎起一张向往的脸
微笑着迎接人们的采撷
你眸子更加明亮
那是山村、小镇的灯光
为你擦亮一种闪光沸腾的生活
伴随着时代的节奏
你默认，默认
这里充满着繁荣昌盛
啊，秦巴山
你屹立在陕南
汉水的波浪滚滚向前
而今，你喜逢盛世
大地处处山欢水笑，风和日暖
在这万木峥嵘的时代
举起白桦林般的彩旗
迎接着明天，欢呼着今天

（本文获安康——可爱的家乡征文三等奖）

唱给秦巴山的歌

望着你
宽阔的胸膛
我怎不记起那甜甜的日子
是你——秦巴山
把子子孙孙哺育
望着你
雄壮健美的身躯
怎不使我扑在你的怀里
感叹你执着坚强的性格
深深地爱着这片土地

你肩负着大自然赋予的重任
你富有山里人的粗犷
你富有山民们的刚毅
你有昆仑、井冈的威严
你有泰岳、黄山的雄伟
你有华山、峨眉的奇幻
于是，你这般潇洒英俊
啊，你是——
安康人民高昂的头颅
自豪地矗立在汉江两岸

爱你，是这样的深沉
深深地扎根在大地
拥抱着广阔的蓝天
溪流，是你的声带
峡谷，是你的喉管
飞瀑，是你的音韵
松涛，是你的语言
池塘，是你的明眸

秦风悠韵耀古今

地处文明古都西安以南，巍巍秦岭南坡有一块北亚热带向温暖湿润气候过渡的庞大山地，这里层峦叠嶂，沟壑纵横，丛林茂密，鸟语花香，物产丰富。这里北接秦岭主脊山脉，南部直通汉中、巴蜀，3678平方千米的土地上生活着历经沧桑的7万人民，他们克服艰难困苦，勇于向贫困宣战，搏击历史风云，踏着改革开放的浪潮步入富裕文明。这就是被誉为西安“后花园”、安康“北大门”的宁陕县。

据《宁陕厅志》及史料记载：清乾隆四十八年（公元1783年）设五郎厅，划长安、安康、石泉边境地带为其辖区，属西安府，厅治设老城。嘉庆五年（公元1800年）仁宗准在五郎厅之五郎关筑城建镇，并赐名“宁陕镇”，意为“镇守五郎关口，确保陕西安宁”。民国二年（公元1913年）改为宁陕县。民国二十四年（公元1935年）中国工农红军七十四师攻克老城，次年县城迁移关口。1949年和平解放，属安康公署（现为安康市）。

这片神奇瑰丽的土地，不仅风光独秀，而且历史悠久厚重。据记载，早在公元前770年的春秋时期，人类就在这里进行开发居住，繁衍生息。清杨芳在《宁陕镇新置屯田记》中写道：“考古屯田之制，自汉晁错，言募民建塞下及赴，充国垦恙田，颇著成效。继而诸葛武侯渭滨，邓艾之渠淮颖，平祐之实荆襄，皆祖其法，即三代寓兵于农之意也。”

“终南山为三秦，毗连蜀楚，绵亘二千余里，除武关、褒斜可通大路，余皆层峦叠嶂，密箐林深，居民鲜少。我朝重熙迭洽，生齿日繁。乾隆年间，始有安徽、晋、豫居民入山垦种。始则茅屋依山，继且街衢布岭。秦中大吏因聚集日多，不可无官弹太坏，乾隆四十九年，准奏五郎，地方设立通判巡检，拨紫阳营千总一员驻扎。十余年来，石田日辟，山民好恬嬉，颇称乐土。自嘉庆二年教匪滋事，籍南山为逭逃薮，大兵剿捕屡年，始克藏事，可是南山最为紧要之地，不可不设立重镇矣。四年冬，经大吏奏请改通判为同知，添设总兵，分驻十营，以寓制。奉旨肇快嘉名，改五郎厅为宁陕厅，镇即曰宁陕镇……”

可见宁陕是因地理位置险要而得名，又与古都西安相连，是进入关中的屏障和南大门。清嘉庆年间，秦岭腹地常有枭雄啸聚山林，对抗官府，清廷设宁陕厅防守，取名“陕西永宁”之意。

（一）

宁陕的历史，是一部辉煌灿烂的历史。值得骄人的是，宁陕自古便是通往巴蜀的交通要道，这里的子午栈道蜚声中外，赫赫有名。在历史上，这条栈道全长421千米，途经长安、宁陕、石泉抵汉中，是先民们在悬崖峭壁上开凿出来的一条小道。栈道是在峭壁凿洞打桩修筑而成，犹如一座悬空的桥。

秦末汉初，鸿门宴后，项羽封刘邦为汉王。刘邦带人马离开长安，沿此道去汉中。三国时，此道成了曹操和刘备相争的要道。魏将钟会，曾从子午道由长安去汉中，梁州刺史司马勋由子午谷向长安进军，都经此道。

唐代天宝年间，子午道更是担负为京城运输的重任。天宝年间，从四川涪陵向杨贵妃进贡荔枝，日夜兼程，三天到达长安，送往临潼骊山华清宫，就是走的子午道。所以，历史上把子午道又称为“荔枝路”。唐代诗人杜牧“长安回望绣成堆，山顶千门次第开。一骑红尘妃子笑，无人知是荔枝来”一诗，就是描写子午道送荔枝的情景。

今日你在山中可能还会隐隐听到群马的嘶啸声，倒真应了老杜的那一句“百马苑山中，至今聋旧悲”。三国时，蜀将魏延建议诸葛亮从汉中褒城出兵，越宁陕秦岭直取长安，“诸葛武侯以其地险而止”，厅志《宁陕营》有这样的诗句形容，即“层峰日出，岩间虎踏云行”，又曰“树木层列，路道崎岖，一夫当关，万人莫御，真四面险阻之奇观也”。

古人开通的蜀道，受当时物质和技术条件的限制，虽能勉强通行，但路况十分险峻。在汉代的摩崖石刻《石门颂》中，对子午道的险状做过这样的描述：“上则悬峻，屈曲流颠；下则入冥，倾泻临渊。平阿淖泥，常荫鲜晏。木石相拒，利磨确磐。临危槐砀，履尾心寒，空舆轻骑，滞碍弗前。恶虫弊兽，蛇蛭毒蝮，未秋截霜，稼禾夭残。”文中大意是：子午道上，上面是悬崖连绵，曲流绕山；下面是幽谷深渊，飞瀑直泻。平缓处道路泥泞，苔藓遍地，山道上荆棘丛生，乱石塞道。行至险处，如履虎尾，空车快马也难行进。毒蛇猛兽时有出没，秋天未到，霜就毁了庄稼。当年蜀道如此艰险，以至诗人李白也留下了“噫吁嚱，危乎高哉！蜀道之难，难于上青天”的千古喟叹。

关于子午道的由来很有讲究，《汉书·王莽传》：“平帝元始五年……其秋，莽以皇后有子孙瑞，通子午道。子午道从杜陵直绝南山，经汉中。”颜师古注：“子，北方也；午，南方也。”言通南北相当，故谓之子午耳。今京城直南山有关，通梁汉道者，名子午谷。史书记载，公元5年，王莽通子午道。《战国策·秦策》载：“范雎相秦，栈道千里，通于蜀汉。”即是指子午道和褒斜道、金牛道等的相互关系。《元和郡县志》载，“黄金县有驿，即子午道也”“旧道在金州，安康县界”“梁将军王神念以旧子午道缘山避水，桥梁百数，多有毁坏，乃另开干路，更名子午道”。《唐子午道考》：“大约子午谷在县南六十里，关又在谷口四十里耳”“大抵旧道自子午谷正南，沿今洵河上流，又沿池河，至今汉阴县南北。新道向西南，斜至今洋县东，行山区避河流也”。按史料记载：旧通北沿子午谷，南沿直谷，中部直绝南山，南山即终南山，也就是秦岭。中间有子午关，即石羊关，今称关石。北起西安，经子午镇、石羊关、秦岭、东港口（即江口）、腰岭关、太山庙、铁炉坝入石泉界。

新道即南北朝梁将军王神念别开新路，略向西移。从宁陕江口以北依旧道，其南则由江口向西南翻月河梁，走旬阳坝、平河梁、火地塘、腰岭关、老城，经关口（古五郎关）至石泉。

子午道不仅奠定了宁陕的历史地位，而且其栈道遗迹成为当地政府开发旅游业的宝贵资源，必将吸引省内外游客纷至沓来。

（二）

宁陕自古以来资源丰茂、物产丰富，地理位置优越，是兵家必争之地，人类繁衍生息的一方沃土。

魏晋南北朝时期，中原连年混战，经济文化遭到毁灭性的破坏。陕南处于南北对峙的地带，虽遭兵祸的创伤，但与中原地区相比，是比较安定的区域，所以中原地区的豪族、商贾和大批流民纷纷来陕南避乱。这无疑促进了当地的经济、社会、文化的繁荣发展。因此，该地文化厚重、古迹甚多，至今犹存。

据考古发现，宁陕境内有各类文物古迹近百处，古遗迹、古墓葬、古战场、古建筑、古栈道、摩崖石刻等遍及各地，是人们追寻历史遗迹、探史究源的珍贵史证和宝贵财富。

唐宋时期，当地寺院林立，唐代著名的高僧怀让曾到此传经。唐初，宁陕是秦王李世民的避暑之地，境内至今有关射猎、游览的地界及范围的摩崖刻字。据记载：安康境内唐宋以前的古建筑，保存至今的仅有宁陕、平利两处宋代石砌古塔。宁陕曾出土的南朝画像砖造型逼真，形态各异，制作精细，堪称是不可多得的文物精品。1981年文物普查时，在宁陕新矿发现唐代武德八年摩崖刻字，更有字迹秀逸、文笔流畅的宋代石碑、摩崖刻字，以及不多的各类陶品、瓷品。由于特殊的地理位置，这里许多元朝至清朝年间修筑的山寨便成了大地主在兵荒马乱时藏匿财产或藏人的堡垒。寨子一般都修在险要陡峭的山顶，通往寨子的道路崎岖且少，一人当关，十人莫入。尤其在江口境内山寨颇多，大小有20多座，最有影响的是黄金的马儿寨和沙坪的得胜寨。马儿寨是黄金姜氏和小川何氏地主所修。得胜寨为沙坪杨氏、左氏、曾氏和胡氏地主合修。至今，古建筑保存最为完整的当属宁陕老城城隍庙。此庙建于清乾隆五十七年，其后屡次维修加固。城隍始于《易经》“城复于隍”，他是古代神话中守城池的神，后为道教所信奉。据五代时杜忠庭《道门定制》卷二载：城隍管就魂灵，道士给死人建西焦超度，要给城隍打报告，叫城隍谍，城隍同意，才能放亡灵去接受道士的超度。因此城隍大盛，世人皆知，自唐以至明清，遂列入祀典，庙宇遍及全国。宁陕昔日山大人稀，又是通往西安的重要关隘，历代皆为匪徒隐身之地，关隘、城池多被袭击，生灵涂炭，于是，清乾隆五十七年（公元1792年）修建城隍庙超度亡灵，保护城内百姓平安。这处建筑前后贯通，分门楼、客庭、前中后在殿，后有斋房、伙房、会客室等，共21间，与门楼遥遥相望的东部有雕梁画栋、金碧辉煌的砖木结构戏楼两间，整个建筑高低配衬，古柏点缀，犹如浓墨淡描的仙山琼阁。至今雕刻的花卉殿脊、隔扇内壁、门窗内壁、门窗雕刻的人物、山水、鸟兽仍保留其旧貌。其建筑四面河流环绕，形似一帆船，其东有一石桥与老城相接，庙门有一对栩栩如生、雕刻精美的石狮看守大门，石狮古朴典雅，雄伟壮观，具有一定的考古价值。宁陕老城城隍庙已被列为省级文物重点保护单位。

城隍庙地处宁陕县城北5千米处，坐落在长安河中的沙洲上，远远眺望像一艘乘风破浪的帆船，两棵盘龙古松犹如船的桅杆，形似张开的“风帆”，潮涨它涨，

潮落它落，数百年来，虽经多次山洪的侵袭，却依然完整无损，因此引出了“金鸭浮舟”的美妙传说。

宏伟的城隍庙，整体建筑纵深172.45米，占地约十亩。庙正中的城隍巨像面方目慧，双眉入鬓，慈中有威，刚柔相济，既和蔼可亲又令人敬畏，给人以庄严肃穆、正直无私、明察秋毫之感。每年农历四月初八，这里会举行隆重的庙会活动，文艺表演，摆摊购物，参观旅游，人山人海，热闹非凡。

此地曾是宁陕老县城的所在地，今日能使人感受老城气息的古城墙，历经数年的风雨冲洗早已残缺不全。

老城城墙于嘉庆三年（公元1798年）宁陕通判左观澜劝募民众捐钱修筑土堡，十一年（公元1806年）毁于兵变，十六年（公元1811年）宁陕厅同知胡晋康报请上级拨款修建城墙，次年动工，十八年（公元1813年）完工。城墙用泥土筑成，周长1318米，基宽6米，顶宽3.3米，用两层海漫砖铺质，垛高1.44米，垛口1020个，青砖炮台13座，马道6处，堆积房5章，城门3座，即：南治安门，北迎恩门，东清正门。民国二十四年（公元1935年）十二月二十六日，工农红军第二十五军七十四师攻克老城，城墙部分被毁。

为防白莲教农民起义，嘉庆七年（公元1802年）同知张约主持修建宁陕新城墙，里墙用泥土筑成，周长1494米，高3米，顶宽1.8米，垛高1.05米，青砖炮台6座，马道两处，城门两道，即：北国安门，南永宁门。县内沙坪、四亩地等城墙大多被毁，但遗址清晰可辨。

四亩地古城堡占地20余亩，呈长方形，内高外低，四周城墙用石头和混凝土筑砌而成。虽然历经沧桑，至今仍坚固雄伟。虽北门经破坏只留下一个石墙通道，但四周城墙、南门及里面的建筑大都保存完好。从北门走进去是两排平房，与北门相对的平房之间是过道，从过道向里便是城堡的主建筑。两层砖木结构的楼房，雕梁画栋，红圆木柱矗立大门，守护门口的石狮栩栩如生。

据说这座古城堡原是陈财主的宅院，当地人称其为陈家堡子。每当闻知匪讯，财主们便携带贵重物品到城堡躲藏，只要紧闭大门，便无人可入。只是有一位叫王三春的匪首带领群匪，把城堡围攻了几天几夜，后来用棉花浸过桐油裹在箭头上点燃，向城门猛射，趁起火冲门而入，烧杀抢掠。

如今，城堡里古老的建筑所剩无几，而能够引起人们注意的是一栋栋现代化的住宅楼和一排排门店和库房，刻画着岁月沧桑的石柱、石狮已不见踪影，昔日的石子路已成水泥大道，充满现代气息的楼房早已取代了古城堡在人们心目中的那种神秘感，残存遗址只能成为历史的见证。

县境保存至今的古寺古塔，可谓罕见。地处太山庙境内的莲花禅寺，因山和寺的构筑，俨然一朵绽放的莲花，山为花瓣，寺为蕊而得名。

寺院墙泥斑驳，院门有两座半人高的石狮，上方高悬一蓝底黑字匾“莲花禅寺”，四个大字引人注目，右侧小楷“赢禅和尚民国二十六年”字迹清晰可辨。

莲花禅寺始建于唐武德八年，在蜡烛山的石壁上有记载，寺院后石塔下埋着何位高僧未曾考证。石碑上刻有“唐武德八年侄山沙门真觉大士赐五百里山田永充香火”，由此可见当年莲花寺的规模之大。

古寺虽失去当年的喧嚣，然而铁板峰、唐兵马营遗址依然披着神奇的外衣，令人神往。位于宁陕广货街境内，入蒿沟不远处，有一块石碑，上面的内容相传为曹操所书，可惜年久风化，碑文多已脱落。再行，便见一深潭，名“黄龙潭”。潭旁有“龙王庙”，相传潭内有修炼成仙的黄龙，能为凡人解病患，于是引来许多香火。

在“铁牌沟”“天府寨”两沟交会处不远，有座“龙凭寺”遗址，据说该寺建于南北朝，盛于唐宋，曾几建几毁，僧人最多时达五六十，如今遗址上有一座分层雕塑的石塔，以及当年僧侣使用过的石碾盘、沐浴石等。

这里是唐时西凉国军师铁板道人练功修行之地，如今平台上还留有一个铁板小庙宇，自平台向下垂挂着一条铁链，悬崖万丈，令人望而却步。“唐兵马营”遗址是唐时军队养马操练之地。据说“刀枪入库，马放南山”的典故中，“南山”便指此地，现遗址还留有拴马桩。除此还有一口可供千人饮食用的大铁锅，据说是铁板道人腾云驾雾从四川峨眉山搬来的，现锅被土埋半截，依然可见。

（三）

宁陕是秦蜀文化交汇地，悠久的历史给这块土地留下了丰富多彩的文化遗产。唐贞观八年修建的兴福寺、翠微寺及元代修建在终南小白华山上的普门寺，成为当地古寺建筑的代表。现存钢铁乡境内的“卢氏庄园”“丁氏庄园”曾显赫一方，规模空前。乾隆四十八年，五郎关（今关口）始建置设官，并与当地士绅客头共谋修建了城隍庙、财神庙、关帝庙、火神庙等。建庙后数年，宁陕出现了“风调雨顺、人民乐业”的景象。

县城北约90千米的子午谷旁的玄都坛，奇峰突兀，松风飒飒，竹韵悠悠，香气扑鼻，绿草如茵。凡人至此顿觉尘氛涤尽，心旷神怡，飘飘然似有脱俗之感。相传唐代诗人杜甫之友元逸人曾隐居于此。杜甫有《玄都坛歌寄元逸人》诗云：“故人今居子午谷，独在阴岩结茅屋。屋前太古玄都坛，青石漠漠常风寒。子规夜啼山竹裂，王母昼下云旗翻。知君此计成长往，芝草琅玕日应长。铁锁高垂不可攀，致身福地何萧爽。”此诗充分表达了作者对故友的怀念，既对友人独身置于山巅深感不安，也流露出对当朝的愤慨。

《枕中书》载：“玄都玉京七宝山，在天罗天之上，城上七宝宫，宫内七宝台，有上、中、下三宫，分别是盘古其人，原始天尊和太元圣母所治。”

玄都庙早年已毁，仅存遗迹，但山间的自然美景一如既往，正如后代诗人所云：“闻说天上有玄都，庙貌此间废址留。白鹤从中深岁月，绿笼台下自春秋。风拂空谷松涛细，月横半坡蛩韵幽。牧子樵歌行吟处，归来烟霞满肩头。”

县城近处还有社稷坛、神祇坛、先农坛、文昌宫、龙神祠、昭忠祠、马神庙、禹王宫、药王庙、潘姑庙、地藏庙等诸多寺观已废，遗址散见县城、老城、贾营、华严等地，多为嘉庆十八年间同知胡晋康以及来此的商民修建。《宁陕厅志》载：“石佛台在厅东北八里，俗曰老母台，山顶一石宛然螺形，庙建其上，下以四柱横撑，越二百余年，其木未损折，庙上层为古佛，旁列二十四诸天佛，庙外左右侧有十八罗汉，下层为文昌君，俱属石像，庄严。”台上碑文三块，皆叙垂修庙之事，一碑即光绪二十七年张德发重修老母台之事。旋上台阶14道坐西朝东，两边石雕犹存。

在先辈们的记忆里，宁陕是行商小贩们背盐和驮运山货的必经之地。位居宁陕江口的盐店街是商贾来往停留的重要驿站，那里遗存的古石桥连接着古江口隔河相望的两条古街，也是子午栈道上现存的珍贵遗迹。此桥建于清同治八年，长39米，宽3米，高约8米，为三孔石墩平面桥，横跨江河，北端双狮雄踞，桥西古象保护，形如长虹卧波，其桥体造型优美、壮观，艺术价值令人叹为观止，故被称为宁陕八景之一。细观，只见雄伟而坚固的大桥均由花岗岩石条砌成。桥墩就势砌在参差的连山河石上，纵切面砌石条长7.5米，宽65厘米，厚40厘米，重约两吨，称为石锁，以增其固，故此桥虽经二百余年的风雨历程但完好无损。公元1926年7月，江河发洪，吞没桥面，石桥仍安然无恙，可见其桥的坚固。

再看那精巧的石雕栏杆，有神兽玉麒麟，有犀牛望月，有猛虎下山，无不风趣盎然；还有仙人飞天，刀枪剑戟，插花石瓶，形态各异，栩栩如生；雕仙桃鱼蛙鳖，十八罗汉于栏柱之端，集物之广，其刻蕊之精湛，想象力之丰富，实为县内难得的古迹遗存，尤其是在古代尚无机械设备的条件下，那样巨大的石条能巧妙地与石桥墩结合，令后人折服。

领略古建筑遗风犹韵的同时，宁陕民间流传的故事更令人神往。

嘉庆十一年，五郎关（今关口）爆发了一场震惊朝廷的新兵哗变，一时鲜血染红了长安河。当时五郎关设置着捍卫陕西南大门的军营，号称宁陕镇。总兵杨芳，原是固原提督杨遇春部下，颇受杨遇春器重。当时，杨遇春因丧母奉诏回老家服孝，杨芳代理提督，副将杨之震代理总兵。那时，军饷被层层克扣，士兵盐来银无着，每日均以苞谷充饥，士兵不满，加之杨之震带兵骄横，动辄打骂士兵，更激起了士兵的愤怒。陈达顺、陈先伦不堪忍受军营之苦，毅然带领部分士兵杀死了头领数名，攻进老城，打开仓库和监狱，宣布起义。江口、华阳等各营闻讯纷纷响应，起义军取道四亩地，迅速攻克了洋县县城，队伍扩充到万人。义军分兵数路，南取城固汉中，东进石泉汉阴，西攻留坝眉县，北逼商洛，势不可挡。陕西巡抚方维甸闻讯，十分恐慌，一面飞奏朝廷，一面调兵遣将，令各地堵截围歼，并与西安将军扎尔抗阿带兵亲剿。正在固原代职的杨芳亦选精兵五百名急速回陕，延绥总兵张凤、河州总兵游栋云等带兵支援，义军腹背受敌，终因寡不敌众而失败，至此新兵起义被镇压。

（四）

20世纪80年代初，文物普查时曾在这里发现大量文物和古代遗址。原新建乡双银街附近曾出土红、黑、灰弦纹陶片，据考证是明代陶窑遗址。原沙坪乡骆家坪曾是秦汉村落遗址，河上游北岸有精细两种绳纹瓦片、钢剪头及武装冠饰，并出土若干陶罐及素面砖，这距有名的秦府庄只500米。

县城百货大楼所在地曾为宋代城镇废墟。遗址南至服务楼，北至县医院，西靠高山，东临长安河，南北长100米，出土有大量红土块、素面砖、《崇宁重宝》铜钱千枚。疙瘩城遗址位于四亩地北，为明代城址，占地1000平方米，东西长、南北宽，一沟两面坡，三面通公路。墙为灰土混合质，根基有石砖，大量砖瓦显露。清代武街城堡位于沙坪乡吊庄旬河南岸，沿山筑墙，坡式城垣，面积80亩，有厚筒瓦片、石柱、石砖、石狮等遗物尚存。江口营城位于沙坪乡新庄村，清嘉庆七年由当地居民集资修建，城垣用泥土筑成，长1909米，高3.6米，基宽3米，顶宽1.8米，垛高1.05米。城门二道：西曰宣威门，东曰敷化门。嘉庆八年江口主簿署设于此。因年久失修城垣已毁，但遗址可辨。古葬古碑随处可见，现存完整的有四亩地北约10千米处的10余座明清时代的古墓，江口曹家院、旬阳坝、两河等地的古墓颇具研究价值。

在文物中，古碑记录了许多有价值的史料，为我们考证宁陕县的历史变迁提供了依据。《施舍山场修庙碑记》详细记录了杨成道与子商议建庙事宜。清同治十二年《修武圣宫庙碑》为圆顶刻花边，高4.6米，位于龙王镇火链砭，记录了武圣宫兴旺衰败的过程。

县境内古栈道尤为珍贵，现存遗址有龙王镇火链砭、江口大堰沟口、老城腰岭关、广货街小岭等处，最为完整的是原新建乡双建村，位于池河上游东边石崖，靠河边有四方石孔约26个，为直立插柱，柱方形，粗四寸，高二尺，整个栈道长约100米，宽10米，地势险要，人称手扒崖。

昔日的关帝庙正殿塑有三尊威严的泥坐像，均高三米多，中为关云长，匾额题“大刚尊至”，右为文昌帝君，匾额题“阴骘下民”，左为孔夫子，匾额题“万世师表”。字体半米见方，圆润刚劲有力，据传说是关口汪家堡子贡生的亲笔。

此庙建于清光绪初，曾是关口小学旧址。

距县城4千米的青龙古洞，正殿观音塑像，两侧有十八罗汉，各具憨态，喜怒哀乐，名臻其妙。观音殿右侧有一条长横巨石，能工巧匠利用天然地形塑造出横卧的睡佛，身长丈余，左腿直伸，右腿曲起，大眼阔口，笑容可掬，双目朗朗，栩栩如生，其造型之精美，令游客叹为观止，流连忘返。

（五）

宁陕县地处要塞，历来为兵家必争之地。清代中后期，白莲教、太平军数经宁陕。明末，孙传庭镇压李自成农民起义军，也曾派军往宁陕其南路。民国时期，县境盗匪出没，民众便组织“大刀会”“神农团”进行自卫和反抗国民党政府的统治，1935-1937年间，本县有近300名青年参加工农红军，近百人为民族解放事业献出了生命。这里曾是工农红军二十五军游击区，当属鄂豫陕革命根据地的组成部分。

县境内山高谷深，林木繁茂，战时可担负起西安的疏散和隐藏的功能。沙沟以北的长子峡，沙坪以南的大堰沟，老城以北的腰岭关，成为重要的关隘要冲。

夹岭关，位于县城北175千米处，地处秦岭南坡，山势险要，古子午道非此不能通过，清代非常重视此关，曾设兵防守于此。嘉庆元年（公元1796年）增设千总一员，是江口营城首关。嘉庆八年（公元1803年）修筑了城墙，设步战兵40名，马战兵10名，守兵5名，加强了对此关的防守。中华人民共和国成立后，西万公路越大岭，经甘沟、长子峡达沙沟，夹岭关古道已荒废。

西腰岭关，位于县城北30千米处，是平河梁以南、关口以北的唯一要冲，从火地塘向南直下，山势愈加险要，构成天险之关。

五谷关（今县城关口），即长安河上下两个谷口，西沟谷和渔洞河谷的总称。当时的子午道非常险要，其中有五道关隘最险要。这五道关隘从北往南依次是石羊关、夹岭关、高关、腰岭关、五谷关。明朝中叶改五谷关为五郎关，即周围五座山犹如五壮士守卫的意思。东晋时，桓温伐秦奉命大将司马率兵从岭南过子午道向关中进发，朝廷设置五谷关，派兵驻守。明代，朝廷在这里设置五郎关巡检司。清嘉庆五年（公元1800年），白莲教起义遍及蜀、楚、陕三省，为保陕西安宁，清朝嘉庆皇帝下令在五郎关口筑城建镇，与此同时，将五郎关更名为宁陕厅，朝廷拨款在镇北端修建了城墙和驻军营房，工程竣工后，朝廷调派6000名官兵，驻扎城内。这时的关口镇成了名副其实的军事要塞。

自设厅以来，宁陕经历了200余年的动荡不安，县城经历了四次搬迁。建厅的第二年，厅署便由焦家堡向北迁移至老城。1806年秋，镇驻军叛乱，朝廷无奈，于1809年将厅署从老城迁往关口。1814年又迁回老城。辛亥革命后，仍将县设老城。1935年12月26日，红军攻克老城，歼灭了守军和官员3000多人。1937年5月，又从老城迁往关口镇。

宁陕自1913年改厅设县，先隶属陕西汉中道，1933年撤道直属于省，1936年以后隶属于陕西省第五行政督察。中华人民共和国成立后，属陕南行政公署安康地区。1958年12月宁陕并入石泉，1961年9月恢复宁陕县建制至今。

从战略上讲，秦岭宁陕段可御南来之敌进犯西安，是陕西乃至西北诸省的重要防线，同时也是御敌南下川鄂的天然屏障。1949年西府战役告捷，人民解放军挥师南下之际，国民党胡宗南部第二十七军重点于秦岭设防，企图负隅顽抗，军长杨法亮设指挥部于宁陕，足见秦岭宁陕段之重要。

光头山，位于柴家关北部，与周至县交界，岭顶海拔2679米，又与天华山紧密相连，构成一道漫长的起伏丛岭，一直控制佛坪县边界，为三县连畔高峰。1946年人民解放军三五九旅七一七团曾由此进军佛坪，数出激战告捷。

县境军事设施除过去修筑的城堡和山寨外，民国二十四年至三十八年（公元1935–1949年），国民党县政府为了内战需要，先后在江口修碉堡4座，在关口修碉堡4座，在太山庙修碉堡1座。民国三十一年至三十三年（公元1942–1944年）征派民夫700余人，于大岭沟修筑防御堑壕数十里长，称“国防工事”，日本投降后荒废。中华人民共和国成立后，政府和上级军事部门数次拨专款修建民兵训练基地和武器弹药库。20世纪70年代以来，新建两处较大型的现代化军事通信设施，一处较大的微波通信站，一处空军导航站，这些充分说明了宁陕战略地位的特殊性。

宁陕山大林深，地域辽阔，气候宜人，是屯兵养马、部队休整的良好处所，是开展游击战、运动战的有利地带，又是威慑西安的军事要地。清嘉庆三年（公元1798年），四川白莲教头领高均各率教军从洋县入境，经蒲河、金鸡河，越琵琶岭，战于江口，后开往镇安。同年二月二十七日，白莲教阮正通率军数千由石泉两河攻破青草关，杀死清军洋总伍孝，二十八日攻万署，通判左观澜率民夫登堡守御，用大炮反击，教军未克。同年，白莲教统兵数万与清军先后在两河、关口、贾营上坝河、蒲河、旬阳坝等地激战，双方各有伤亡，后教军西撤。

清道光三十年（公元1850年）十一月一日，洪秀全、杨秀清等在广西桂平起义，成立“太平天国”。咸丰三年（公元1853年）攻克南京定为都城。同治元年（公元1862年）川滇农民起义军（太平天国同盟军）首领兰大顺、兰二顺在四川失利后，转战陕南。兰部将郭福贵率部由紫阳城凤凰山经汉阴入本县，在火地岭与清军激战，大败清军。

民国时期，地方武装组织“神团”，主要活动在江口、长安与柞水之间，专与匪霸作对，劫富济贫，后编入红七十四师。民国二十七年四亩地青年彭易乾于延安“抗大”毕业后，受陕西省委派遣，回到家乡建立党组织，发展武装力量，主要在宁佛边界开展游击活动。

（六）

宁陕属鄂、豫、陕根据地组成部分，早在红军二万五千里长征中，红二十五军和红七十师在宁陕境内打游击，建立根据地，从战略上牵制国民党部队对主力红军的压力。抗日战争时期，红七十四师和陕南人民抗日第一军在县内打击国民党顽固势力。解放战争开始，中原突围，王震领导三五九旅和干部旅由北边突围后，经宁陕北进，沿途与国民党军队多次激战，保障中原部队胜利完成战略转移任务。

民国二十四年（公元1935年）二月二十六日，红军3000余人从镇安出发，经安康王家坪进入宁陕火链砭，占领太山庙区公所，当晚经龙王沟、贾营到达关口。二十七日攻克县城，镇压了大地主杨锡玉等人，将大财主廖金元等5家的财物分给了贫苦农民。同年三月，警二旅旅长张飞生亲自率领两个团围剿红军，十七路军总司令杨虎城专来本县关口，住袁子修家督战，设伏红军于四亩地及佛坪县茅坪一带，警二旅中伏击，死伤惨重。十二月二十六日，由陕西特委书记郑位三、陈先瑞带领七十四师一个营，从旬阳坝假装北上江口，而后突然向南速进，午夜到达老城，拂晓攻城。先由西城搭梯攻入，迅速占领东、南、北各门。城内保安因措手不及，乱作一团，企图从南门逃跑，但南门已被红军占领，当场击毙数敌。其余见状纷纷投降，历时20分钟战斗结束。

民国二十五年（公元1936年）一月，四十九师围剿。红军获悉消息，分散兵力，致敌扑空。接着诱敌于沙坪磨子沟歼其一个营。同时，在江口消灭一个营，营救一批群众。同年，何振亚率陕南抗日第一军在四亩地打死胡子玉，收编了大多数士兵。

民国三十五年（公元1946年）六月，人民解放军中原部队胜利突围后，国民党一再要求派代表谈判。王震电告党中央，遂派张文津、吴祖贻、毛楚雄3人为中原部队和谈代表，前往西安谈判。八月七日，张文津携带军调部武汉第九执行小组旗帜、符号、文件，由一农民做向导，从镇安杨泗庙出发，于十日到达江口街，驻守该地的国民党胡宗南部六十一师一八一团得知，伪装欢迎，后无理扣留，同行者被秘密处决。同年八月，人民解放军五师、四十四师团在江口二次歼灭驻军一个连，第二次解放江口，而后向镇安转移。

王震领导的三五九旅七一七团与国民党二五一团战于林口子。二五一团设伏于两山头，解放军数次发起冲锋，摧毁了阵地，夺下山头。战斗中七一七团一营教导员孙炳南等11名官兵光荣牺牲。在宁陕这块红色的大地上，大批英烈为革命献出宝贵的生命，先烈们的英雄事迹可歌可泣，为后人传颂。后来在江口修建了烈士陵园，被陕西省授予革命传统爱国教育基地，省内外仁人志士前来瞻仰缅怀。

山有魂

一提起自然山水，人们往往首先会想到秀美的桂林、神奇的黄山和人间仙境九寨沟。这种美源于自然的造化，地质变迁的作用。

而我敬仰山脉，不在于它有多么秀美，而在于它内敛、刚毅、伟岸的个性和存在的价值。

秦岭的山水有云雾缥缈、林间空濛的的景象和意境，这与中华几千年文化中的文人情怀、山水意识不无关系。以山为德，以水为性的精神内涵历来是中国古代文人表达心绪、阐释境界的主要基点。

秦岭又被专家认定为中华民族的“父亲山”。仰望“父亲山”，他巍峨高大，胸怀宽广，身躯绵延1600千米，养育了我们的祖先和子子孙孙。

这座山的神秘在于这里是南北地理的分界线，生物多样性最密集的区域，野生动物繁衍生息的一块乐土。可以说秦岭是天然形成的自然博物馆，一座非凡的山脉，有着其他山不可替代的作用。

冬天来了，秦岭以北的关中地区寒风凛冽，冰天雪地，人们守着热炕、炉火才能度过寒冷的冬季。而秦岭以南与关中地区仅一山之隔的汉中盆地乃至陕南，却依然青山绿水，人们享受着春天般的温暖。

一座山脉居然能够改变中国大陆的自然格局，其地位的显赫足以令人崇拜。面对这样的“父亲山”，任何人不得不肃然起敬了。

试想如果没有活在秦岭里的那些植物、动物精灵，秦岭就不会是“给世界的83份礼物”，不会是中华民族的“父亲山”，更不会孕育出祖国悠久的历史文明。

于是，我认为山本无色，载万千草木于己之上，故而青翠；山本无声，容百鸟走兽于己之身，故而动听。故此，我常常到山里游走，喜欢远离人群，独自拐进某个山坡、溪涧、丛林、峡谷，静静聆听百鸟和鸣，溪流潺潺，动物戏语，仿佛置身于王维笔下“空山新雨后，天气晚来秋。明月松间照，清泉石上流”那种意境之中。

秦岭山中那宁静优美的自然景色，陶冶着古代文人的性情。一代诗仙李白在这里四处放歌游走，悲天悯人的诗圣杜甫也沿着秦岭山路踽踽西行。大书法家颜真卿、柳公权，画家吴道子、阎立本，在这里留下了他们千古不朽的笔墨。在这里，我们隐约听见子午道上从四川涪陵出发，日夜兼程，越过秦岭，直达长安进贡荔枝的马蹄声。而韩愈那“云横秦岭家何在，雪拥蓝关马不前”的美妙诗句，更使秦岭随之扬名。

伴随秦岭山中那飘忽不定的水岚雾气，昏暗的青灯之下，浩渺宇宙之间，是天地万物，相依相存，相克相生，无穷无尽的自然法则。老子在他的《道德经》里写下千古名句“道可道，非常道；名可名，非常名”和他讲出“道生一，一生二，二生三，三生万物”之前，世界上还没有哪一个人能够用如此简易明了的语言，深刻阐释出宇宙万物之间这种相克相生的哲学关系。因此，这座山注定成为世界文明史上最值得记忆和回味的一座山脉。

如果说“父亲山”的身世不凡，让世人探索不止，那么他孕育的人文情怀、精神内涵，则造就了华夏儿女的生命之魂。

与秦岭这座“父亲山”相伴相生，是我们的幸运。遥望月明星稀的夜空，有感叹，有欣慰，还有许多感悟：这世上有了山，则少了些单调；世上有了山，则多了些神韵。“终日看山不厌山，买山终待老山间。山花落尽山常在，山水空流人自闲。”王荆公能一语道破爱山者的心事。我想，爱山，爱山的富饶美丽、博大雄奇；敬山，敬山的伟岸坚强、厚重深沉。当你走进深山，会忘记人间的一切喧嚣烦忧，惊叹于这天地造就的景观。当你登上高高的山巅，举目四望，视野所及，苍苍茫茫，一望无际，山连着山，山连着天，天地合一，云雾缥缈。远处偶尔传来几声鸡鸣狗吠鸟叫和机器声，升腾起几缕袅袅炊烟，使空旷的大山显得更加静寂。在那儿坐一坐，躺一躺，吸一口清新的空气，接受一下山风的抚摸，你的精神顿时为之一振，心灵得到净化。人与自然在这里相生相融，千种情趣，万般感受尽在其中，这在其他地方是难以觅见的。在这里，人们可以回归自然，回归生态，找寻人类最美好的情感。

毫不夸张地说，迄今为止，人们对秦岭这座“父亲山”的认识和探究仍然是肤浅的，表象的。关于它的价值、它的内涵、它的灵气，仍需要一代又一代有修养、有品位的人们去探究、去挖掘、去解密。它像一个永远解不开的秘密，像一部永远读不完的史书，耐人寻味，意味深长。

（本文原题目为《仰望父亲山》，发表于2012年《安康日报》）

水有根

山有沟壑峁梁，水有九曲源泉。话说山水，提起汉江，总是想起外婆讲的那句话：“水流有大小，可以叫江、叫海、叫洋、叫湖、叫溪，无论咋叫，江河湖海都是由千万条溪流汇聚而成。”

地处秦岭南麓的宁陕，境内有无数条涓涓溪流。看那静静流淌的小溪，就像迎面走来一位朴实无华、纯情美丽的少女，那样楚楚动人，那样可爱可亲。乡亲们总是百般地呵护她，不愿打扰，让她静静流淌；也不愿唤她小溪这个“乳名”，总叫的是池河、旬河、汶水河等等这样的“学名”。在宁陕，流域面积在5平方千米以上的河有百条之多，那小溪就更是数不胜数了。再看那奔流不息、波浪滚滚、气吞山河的汉江，就不难想象有多少条来自秦岭和巴山的洁净溪流在这里交汇，在这里合唱，在这里相拥成趣。而汉江总是以纳百川而不盈的胸襟笑迎她们，接纳她们，拥抱她们。

眺望汉江，这条长江最大的支流，全长1577千米，发源于秦岭南麓，有北、中、南三源之说，褒河、酉水河、金水河、子午河、月河、旬河等68条水系是她生命的全部。流淌数千年的汉江，低头吟唱的汉江，总是带着汉调二黄那老腔老调，吼出历史的沧桑，总是带着秦巴山歌那委婉的曲子，哼着甜美的清音一路走来。那高亢的船夫号子在人与水的搏击中生，在汉江边浣衣女的棒槌声里长，方有《诗经》里“南有乔木，不可休思；汉有游女，不可求思。汉之广矣，不可泳思；江之永矣，不可方思……”的诗意。再读王维那首《汉江临泛》：“楚塞三湘接，荆门九派通。江流天地外，山色有无中。郡邑浮前浦，波澜动远空。襄阳好风日，留醉与山翁。”从中可深切感悟出诗人的绵绵情怀与汉江那源远悠长的魅力。当孟子提出“水由地中行，江濉河汉是也”的观点时，汉江在中国的历史地位就已经那么显赫了。汉江不仅是汉水文化的发祥地，她在历史的进程中，一直扮演着多种角色。她集水运、灌溉、发电、养殖、饮用等诸多功能于一身，成为繁荣地方经济、哺育一方百姓的母亲河。正因她负荷过重，在岁月的磨砺中渐失往日的风韵。她日渐消瘦，常常因失去许多功能而叹息，当地政府和人民迅速伸出一双双友善的手来精心呵护。

汉江安康段是中国最洁净的水源富集地，是国家南水北调中线工程的重要水源涵养地，承担着中线工程70%的调水总量。保护汉江水质，一江清水送津京，安康人民付出了很多努力，多年来大规模开展源头综合治理，累计关停高耗能、高污染企业300多家，淘汰落后产能92万吨，投资数百亿实施垃圾污水处理工程。市委、市政府把确保汉江水质安全视作不可触碰的“高压线”，庄严承诺：“让每一滴水都能达到饮用水标准，惠及子孙后代，惠及数千万百姓。”“钱多栽大树，钱少栽小树，无钱也栽树”和“一年种五年的树，一代人造三代人的林”的绿化工程，成为干部群众的自觉行动。十年累计造林绿化683.8万亩，森林覆盖率由50.2%增加到59.9%。而安康各县中森林面积最大的当属宁陕，同时宁陕在退耕还林、水土治理和林改、林下经济方面更是走在全市全省的前列，一举成为全国林下经济示范县，且森林覆盖率高于全省乃至全国的平均水平。如今，以绿色、循环、低碳为标志的生态旅游、山林经济、冷水养殖产业迅猛崛起，让群众享受到了更多的“生态红利”。

捧一泓小河泉水，品一口汉江清流，眺望汉江两岸的青山绿树，总是在秦岭巴

山的护佑下，总是在众人的呵护中生生不息，仿佛是“养在深山人未识”的纯情少女，依然保持着纯洁的童贞。清凌凌的汉江，一汪碧水流过岁月沧桑，洗去日月铅华，江面上水鸟盘旋着飞起又落下，船帆点点，载着渔歌，讲述着无数美丽而又忧伤的故事。城市古朴的风韵与现代华章交相辉映，江堤边太阳伞下那一对对靓丽的倩影，浑然天成地呈现出一幅天然美景。

蓝天下，江流中，从一位戴着斗笠摇橹一叶小舟的老人那里传来一曲汉水情歌，情歌是那么悠长，那么动听，那么诱人。此时，我们仿佛站在一江清水的丹江水库之上，那碧波闪闪的湖面，望去真叫人不饮自醉。

（本文原题目为《醉饮汉江》，发表于2015年《安康日报》）

人有情

在三秦大地上，无论蹲关中、闯陕北，还是走陕南，你会深深感悟到“一方水土养一方人”的真正含义。你看那秦岭南麓腹地的南山汉子大多眉清目秀，额头偏高，眼窝深陷，嘴角凸出，肤色紫铜，与陕北和关中汉子那种粗犷憨厚相比，更显得有几分精明，有人称他们是“站着一棵松，躺着一座山”，处处透着阳刚之气。而这里的女人也不像关中女人和陕北妹子那样娇弱艳丽，多数生得水灵，肤色白皙，性情温婉，娴熟能干，勤劳吃苦，也有人把她们比作“站着一枝花，躺着一条河”，全身溢出女子那楚楚动人的阴柔之美。

其实真正土生土长的宁陕人没有几家，追根刨底，早在几百年前，来此地居住的多为来自湘、皖、赣、豫、闽的移民，也有来自四川和湖广的后裔。南来北往，相互融合，不仅给南山带来了外面的信息，更多的是当地人向湖北“九头鸟”学了一点精明，向四川人借了一点灵气。所以，无论体型、相貌、口音，还是生活

习惯、心态性情，自然和楚人、川人相似，相互通婚，后代更显聪慧。加之青山绿水的孕育，赋予了南山人特殊的生命力量，造就了南山人特殊的气质灵魂，那女子少了几分眉叶低垂的娇媚，多了几分勤劳吃苦的本色，那男人少了几分柔弱，多了几分苍劲和昂首挺胸的气概。

风景自然美，不如人文情谊浓。由于这里距古都西安近在咫尺，又与四川、湖北毗邻接壤，受外地文化的熏陶和地方文化的传承，形成了南山特有的风情习俗。走在山野乡村，人们常挂在嘴上的是“礼多人不怪”“伸手不打上门客”“三句话暖人心”“你敬我一尺，我敬你一丈”等传承至今的口头语，这成为他们待人接物

的准则。

见了长一辈必问“你健旺吧！”，回答一定是“你操心了，还好！”。与客人一道同行在山路上，必把客人让到前边，以示尊敬。若是走到悬崖险道处，就将客人拉到后边，还特意说：“您路不熟，我引路！”若是狭道相逢，即使互不相识，也早早让到路边，侧身让对方先行。

居家在屋，遇到熟人路过门前，必定招呼说：“到屋坐！”不认识的人过路，也会应一声：“歇一会儿走！”对上门说事的客人，那就更为热情，除了端茶递烟，还拿出“吃货”款待，水果熟了会送上桃子、李子；秋收时节，会递上核桃、板栗。凡登门之客，只要没有急事，就非留你吃饭不可。若是陌生人路过走累了、走饿了，主人会热情地请进门，立刻点火做饭。吃罢，给钱时，主人怎么也不肯收，说急了还会生气地说：“出门人，又没有背锅灶！”临走时，客人说：“破费了！”主人满脸堆笑地说：“便饭，没吃好！”“慢慢走啊！过细哟！”

这种质朴厚道、热情好客的乡风民俗，时常萦绕在我的脑海，令人回味无穷。说到这，也猛然间发现，在我的故乡南山村那闭塞的小山村里，邻里之间、客主之间尽管往来频繁，热情有加，但从来没有听见过“谢谢”两个字。

那是在公路未通之前，邻里之间相互借东西是很常见的，借劳动工具、借针、借线，借柴米油盐。每次借的时候，借者自然大方，没有半点忐忑不安。

“他大叔，你家的犁头在不？我想把东头的地耙一耙。”

“他大婶，我家的黑线用完了，你还有没有？”

“今天来客了，油瓶空了，给我倒点。”

被借者绝没有丝毫的犹豫，忙把东西找出来送到人家手里，还说几句体贴话：“我也搞过这样的事，那次晌午来客，盐没了，我还是到张老婆那拿的。”

别看东西或小或少，必定要还的。还线的主妇在唠一会儿家常话后，要回家了，把东西掏出来往桌上一放，主人还责怪：“你看你，这点东西还拿过来，真外气。”主妇回应着：“有了，没有还会过来拿。”借油的会打发孩子还东西：“俺妈说，这是俺家刚榨的油，让大婶你尝尝。”大婶会撵着孩子给点“吃货”。

在乡亲们的眼里，“谢谢”这两个字有点别口和直白浅显，与土地的自然和朴素不相称，如果说出来就疏远了彼此之间的距离，人也变得生分了。

后来，我到了县城，听惯了“谢谢”，也习惯说“谢谢”。有时候，老家人到城里办事，不愿把钱送到旅馆，就到我家借宿。每次来，都要给孩子带些家乡的特产，我都要习惯地说声“谢谢”，听到我道谢，他们的神情立刻变得尴尬起来，我赶紧打住，默默地后悔良久才能缓过神来。

（本文原题目为《南山人》，曾发表于《延河》和《安康日报》）

宁陕秋韵

季节的魅力在于它们的交替变幻，春之生机别于冬的萧条，秋的柔媚异于夏的炎酷。

秋天是收获的季节，千真万确，那时节稻谷飘香，硕果累累，一片金黄。

秋天因它短暂且梦幻般丰富多彩，使人如同面对一张稍纵即逝的妩媚笑脸一般，生出不同于其他季节的感触与联想。

这里山峦竞险，万峰争奇，座座峻拔，峰峰劲挺。满山遍野的针叶林和阔叶林扎根于山岩之中，躯干直伸向蓝天。置身山谷，举目四顾，绿林丛中红叶点点，犹如烂漫山花争奇斗艳。那高山流水、百丈飞瀑，将崇山峻岭打扮得分外妖娆，让

人有一种身在仙境画廊的感受。

秋天的宁陕是一幅浓墨重彩的山水画。秋分刚过，山上的树叶便开始泛红，最先红的是生长在岩头上的栌木树，它树冠不高，再生力极强，常有人砍它作柴，倒不是因为它材质好，而是因为它的色彩艳丽，散出一股浓浓的香味，沁人心脾。

秋天的乡村，最耀眼的当数立于田边的柿树。庄稼收割完毕，空旷的田野，唯有柿树兀立在山野，像挂着盏盏红灯笼。小河边，一种叫作“救命粮”的树，以其独特的造型和挂满枝头的红色果实，引人举目观赏。乡村农庄，家家户户屋前屋后挂满金黄色的玉米，火红的辣椒或者柿饼，让人感受山村农家那丰收的喜悦，那殷实富足的生活。

宁陕秋天的特色在于因丰富的森林植被和高山峡谷带来的迥然不同的秋色。宁陕秋色，美在山山有别，树树不同，深红、浅红、淡红、金黄、浅黄，一应俱全，以翠绿为背景，五彩缤纷，交相辉映，层次鲜明，即使是画坛大师也无法将其真实地描摹下来。这山，似凤凰之涅槃彤云映天；那峦，满山碧绿红一点；此峰，五彩斑斓，半山翠绿半山红火，疑是旭日初升在峰巅，胜似落日映江南。

秦岭山中看秋，是人生的一份惬意享受，是真正的回归自然，既无败人兴致的石阶亭阁，亦无扰攘和污染，更不必手执钞票取门票，有的只是一身轻松双目怡然，有的只是比城里的纯净水更甜的山泉，红林掩映着白墙黛瓦，袅袅炊烟，菊黄曳曳，幽青袭人，果红甘甜，野外稻香……

真可谓，秦岭深处红叶艳，层林尽染惹人醉，只觉此处胜香山。

（本文发表于《安康文学》）

山乡鸟语

中国有句俗语，叫“林子大了，啥鸟都有”。这虽是一句寓意深刻的比喻，但在宁陕却真是如此。

我生活的故乡在秦岭深处的终南山，这里的空气、蓝天、大地、森林、田野以及村落的屋檐，显然是鸟类生活的天堂。有人说这里的鸟很多，但常见的却为数有限。记得小时候，庞大的乌鸦队伍像黑色的旋风，突然腾空，又忽然落地。麻雀的队伍更为庞大，有时几十只，有时几百只，有时上千只，突然间从你头顶飞过，鸣叫声划过天空，打破了山野的宁静。有人说它们此起彼伏的呼唤是一种联系，但谁都听不懂这种语言实为何意。有老乡说它们从南方来，要到北方去，这里是其必经之地，它们在此栖息一时，繁衍生息。到了秋天，许多鸟如接到旨意一般，一夜之间，无影无踪，窝还在树上，然而空空如也，旷野一片寂静。

老家人把喜鹊视为吉祥鸟，它们飞翔时，多是一雌一雄，结伴立足于屋梁，跳跃于树枝；喳喳叫时，全身颤动，嗓音清脆。相传喜鹊能感知人类的福祸哀乐，谁家房子附近有喜鹊垒窝安家，就预示着这户人家运气好、喜事多。要是喜鹊停在谁家房前屋后“驾！驾！驾！”叫上几声，就预示着这家当天要么会来客人，要么就有什么好事。生活中一个又一个的巧合，让人们坚信喜鹊是吉祥鸟，这也是喜鹊名字的来由。为此，乡亲们只要听见谁家附近有喜鹊的叫声，就情不自禁地说："你们家要来客人了！"

春天到，燕子来，其身材小巧玲珑，但精力充沛，飞翔起来忽左忽右，忽高忽低，如此神速。要说燕子，的确是人类的朋友，它们筑巢垒窝从不在野外，而是与人类为伴，常筑巢于房子之中，屋檐之下，不过并非任何房子它们都居。燕子所选的房子皆很高敞，不动烟火。它们飞来飞去，衔泥做窝，孵出小燕子没有人骚扰嫌弃，更多的是对小燕子呵护与善待。

进入21世纪，宁陕迎来了珍稀鸟类——朱鹮。它属国家一级保护动物，也是全球最濒危的鸟类之一。此鸟全身为白色，展翅飞时，翼羽及尾下呈朱红色，嘴细长，略向下弯曲，鸣叫声回响山谷，被誉为"东方宝石"和"吉祥鸟"。2005年5月，由陕西省野生动物保护协会牵头，与日本达成协议，在城关镇老城寨沟村建成了朱鹮野化放飞基地。2007年5月，由国家林业局和陕西省人民政府共同在寨沟村举行了国内首次放飞仪式，放飞朱鹮26只。目前，这些朱鹮已适应了当地的生存环境，生存状况良好，且在野外自然繁育繁衍。

近年来，我与摄影发烧友田宁朝常去野外拍照，他是林业局野生动物保护站站长，因此，拍摄鸟类既是他的职责，也是他的爱好。为了拍到一只鸟他不分节假日，跑遍了宁陕的山山水水、沟沟梁梁，有时等上几个小时、几十个小时都是常事，也让我认识了平日里见不到的许多珍稀鸟类。打开他的电脑，可以看到苍鹭飞翔、柳莺喂食、寿带育子、鸳鸯戏水、朱雀采花和太阳鸟追逐调情等数百种难以见到的可贵鸟影像，让人感动，让人大开眼界。据他介绍，当地分布的鸟类有11目32科属158个种类，其中国家一级保护鸟类达10余种，二级保护鸟类24种，重点保护鸟类多达113种，这里真是鸟的天堂。遗憾的是，虽然我们经常听到林子里传来悦耳动听的鸟叫声，却不能听懂那美丽的歌喉吟唱的是怎样的美妙心声。

寻梦南梦溪

南梦溪这个听起来像诗一样的名字，却深藏在秦岭南麓宁陕县江口镇沙坪村很不起眼的一条小山沟里。这里是子午古栈道的必经之地，也是210国道的重要路段。2016年初夏，应朋友相邀初次探访这处秘境，我不仅豁然，而且惊叹。因为这里虽是曲折蜿蜒，泉流汩汩，草长花香，鸡鸣狗吠的平凡山村，但当你走进这片土地，眼前的一切仿佛让你置身于陶渊明《归田园居》所描述的意境中；“开荒南野际，守拙归园田。方宅十余亩，草屋八九间。榆柳荫后檐，桃李罗堂前。暧暧远人村，依依墟里烟。”

当你从喧嚣的都市里或者说从闹心的琐事中走进这条寂静的山沟里，看见每一株小草在为你张开笑脸，每一朵山花在为你绽放热情，听见每一条小溪都在为你欢呼歌唱，每一只小鸟都在为你轻歌曼舞时，烦忧全抛诸脑后。当那微风飘来的野艾馨香将你带入桃花源一般的梦境之中，你想那不正是“从口入，初极狭，才通人。复行数十步，豁然开朗。土地平旷，屋舍俨然，有良田美池桑竹之属”。这样至今未开发的净土，别说在他乡，就是在山大人稀的宁陕也无几处。身处幽谷中，古木参天，百草葱郁，四季鸟鸣，正是现代人寻找的好去处。有趣的是，早在一千多年前，这里曾经居住的人口达三四百之多，他们中多数是外来客。在这里一是躲避战乱；二是垦荒种地谋生；三是守护子午栈道上的峰火台，抗击扰民之匪。从众多的古墓葬、古栈道、古屋基的遗存中，可以想象当时的情景，也证明了这里不是一般的乡野故里，而是有故事有历史有考究的山涧沟壑。

据当地老人讲：子午道，西安正南，也称子午古栈道，是自京城长安通往汉中、巴蜀及其南方各地的一条重要通道。遥想当年，杨家小女在烽火台上望着子午道上滚滚烟尘，感慨万端，正所谓“一骑红尘妃子笑，无人知是荔枝来”的典故就出自于此。当地百姓常年踏勘，发现南梦溪这条沟壑里烽火台达四处之多，传说这里是重要的关隘，是兵家必争之地。当

我们登上一座山头，看到眼前耸立着高大雄伟的巨石垒起的烽火台遗址时，那种硝烟四起的场景便浮现在脑海。这处遗迹虽然不够完整，但主体依然可见，足见当时的雄伟。随着时光的流逝，时代的变迁，往事成为过去，许多在这里生活的人也四处奔波，烟消云散。

陕南实施迁移式扶贫后，南梦溪常住人口不足百人，居民虽少，但他们守着一条规矩，那就是共同保护这里的古迹古木，于是这里的生态得到了很好的维护，便有了今天这样罕见的千年古树和百年古宅老屋存留下来。进入21世纪，许多村民迁至210国道旁办起农家乐，生意十分红火。南梦溪整条沟却成了“世外桃源”。如今，村民们抓住脱贫攻坚的机遇，成立了合作社，对整条沟实施规划开发，建成了集休闲、观光、科考、户外运动、乡村生活体验于一体的旅游风景区，吸引着省内外游客前来休闲度假，成为宁陕乡村游的一道亮丽风景。当我们迎着主人的盛情，吃过地道的乡土菜，品尝完当地自酿的“山里红” 美酒时，不由自主地想起陶渊明的诗句：“结庐在人境，而无车马喧。问君何能尔，心远地自偏。采菊东篱下，悠然见南山。山气日夕佳，飞鸟相与还。此中有真意，欲辨已忘言。”当我们依依不舍地离开时，还陶醉在陶渊明那些古诗佳作之中，古诗里与现实中的意境如此相似，让我们着实回味无穷。

梦幻大草甸

平河梁因山顶积水成河而得名，海拔2280米，距西安152千米，离宁陕县城36千米，被誉为“西安的后花园”。

春天，这里草木吐芽，蜂飞蝶舞，犹如一位画师以大地为纸，轻风为笔，把绿色涂入山野，把绚丽的色调染于花果之上，勾画了一幅浓墨重彩的春天油画；盛夏，林海绿浪，凉风习习，烟岚缥缈，变幻莫测；秋来，层林尽染，万山红遍，野果飘香；冬临，飞雪漫漫，银装素裹，一派北国风光。在平河梁顶，有一处绝妙的去处，那就是美妙神奇的千亩大草甸。离开西万路，择其林间小道蜿蜒而上，仅需30分钟即到。草甸平缓宽阔，漫步其中，如在席梦思床垫上行走。草甸深处，无须担心坚石磕绊和藤蔓纠缠。满甸子野花，红黄紫白处处开放，都是戒指般大小，既无自我炫耀之色，也无招蜂引蝶之姿，正像辛弃疾在一首词里所写，“大都一点宫黄。人间直恁芳芬。怕是九天风霜，染教世界都香。”整个草甸呈低缓丘陵状，草甸中央的山丘上生长着一片生机勃勃的原生桦树林。在草甸里每走百步，就有几棵矮小的无名树或是一丛小毛竹，有的虽然矮小却显得很苍老，好似精心栽培的盆景。

来到峰顶，眼前豁然开朗，大草甸如同翠绿的油画地毯铺满眼帘。草甸上长着各种草，大多是细茅草，还有开着红、黄、紫、白、蓝等各色野花的野草。草地上有一丛丛细矮的毛竹，这是大熊猫爱吃的竹子。草甸上软绵绵的、湿漉漉的，可以想见，在雨水多的时候，这里仿佛是沼泽地，草地像巨盆，天幕像巨大的蒙古包。草甸静谧、柔和，站在这里让人觉得风是湿漉漉的、凉森森的，爽快极了。

从草甸沿着一条两山相交接的峡谷小路来回行走，路边落叶松落下的松针铺了一层又一层，踏上去像踩在海绵垫子上，软软的，很舒服。松树上的小松鼠，见有人来，“嗖”的一下溜走了。桦树干上有裂开的薄如纸般的树皮。野花椒树上结的籽多是绿的，光照足的地方籽已泛红，摘一颗用手指一捻，又香又麻的味道久久不能散去。

来吧！朋友，来到此地，不仅有感叹，还有许多感悟：这世上有了山，则少了一些单调；这世上有了山，则多了一些神韵。“终日看山不厌山，买山终待老山间。山花落尽山常在，山水空流山自闲”，古人能一语道破爱山者的心事。我想，爱山，爱的是富饶美丽、博大雄奇；敬山，敬的是伟岸坚强、深沉厚重。当你走进草甸，会忘记人间的一切喧嚣与烦忧，惊叹这天地造就的奇观。当你登上高高的山巅，举目四望，视野所及，苍苍茫茫，一望无际，山连着山，山连着天，天地合一，自然天成。在那儿坐一坐，躺一躺，吸一口新鲜空气，接受一下山风的亲吻，心灵会得到净化，人与自然在这里相生相融。回归自然的万千情趣尽在山巅。

响水十八丈

十八丈瀑布，又名响水岩，是宁陕县城山涧水幕一日游的一个自然景点。游人进入路边的山林，但见绿树葱茏。深深浅浅的翠竹，令人如痴如醉。林间一道山溪穿林而过，巨大的山石屹立水中，风姿绰约，绿树掩映着一个个小瀑布，阳光透过树梢与溪水嬉戏，斑斑驳驳，光怪陆离。行进大约10分钟就可见仿佛刀砍斧劈的悬崖，一道清泉从崖头倾盆而下，形成高60余米、宽10余米的水帘。帘下冲刷出偌大一个水潭，潭水清澈，鱼蟹嬉戏，别有一番情趣。

入景区，顺着鹅卵石铺就的小路蜿蜒而上，沿途看到野金银花正吐出淡黄色或白色的花蕊，花蕊上挂着还未散去的露珠，勤劳的蜜蜂和多情的蝴蝶在花间嬉戏飞舞，微风一吹，一股淡淡的清香沁人心脾。空气是那么清新湿润，溪水是那么清澈透明，四周是那么翠绿、生意盎然。耳旁，溪水叮咚作响，小鸟啾啾鸣叫。在这样的环境中，一切尘世的烦恼和幽怨都被荡涤得干干净净。

突然，一阵“轰隆隆”如雷鸣般的响声传来，便离目的地不远了。转过一个小山坳，只见一股清泉从高约30米的刀砍斧劈的悬崖倾泻而下，晶莹剔透，像一匹白绫从天幕垂下，瀑布声如阵阵沉雷，借助水潭崖壁的回音，演奏出雄伟壮丽的乐章。白居易《琵琶行》中“银瓶乍破水浆迸，铁骑突出刀枪鸣”形容的莫过于这种景象了。水帘拍打着崖石溅出数以万计的水珠，水珠又形成水雾，弥漫开来，如烟如幻，在初升阳光的照耀下形成五色斑斓的彩虹。水帘的常年冲击，使瀑布底下形成一个约50平方米的水潭。潭水清澈透明，掬一捧到嘴里，甜甜的、凉凉的。随着水帘的跌落，水面形成一层层涟漪，水波轻轻地拍打着岸边的水草、野花。一群群小土鱼在水中怡然自得地游动着，好像在人们面前故意显摆舞姿似的。

瀑布从悬崖顶上的裂隙中飞流直下，倾泻崖下深潭，形成水帘，散出一派迷离的银光。瀑布如阵阵沉雷，借助水潭崖壁的回音，演奏出非凡雄伟的乐章。水雾弥漫，如烟如幻，其色其声使人陶醉。走进瀑布边，倍感清凉透彻。远观瀑布，仿佛挂入云端，而翻上溪顶，则又入一层天地；山远林深，直通小青龙垭山顶，长达15千米，溪水终年不断，源远流长所致也。且溪间藤蔓密布，山杨柳横穿其中，游人乘凉或佳人幽会在此更有一番乐趣。诗曰：冬挂水帘夏白花，终年飞腾绝壁中。十八丈高何足论， 心旷神怡乐无穷。

水潭的正前边有一棵盆粗的老杨树，大的枝丫已枯死多年，两个小一些的树枝却长出了新叶。一位当地的老人讲，“十八丈瀑布”原叫“石巴掌瀑布”，这棵树叫巴掌树。我仔细看了看老树，又看了看瀑布，突发奇想，说不定这棵树和这瀑布就是一对恋人，老树紧紧地守护着恋人，天天观赏着恋人曼妙的舞姿，终于一天天生命垂危，但恋人又怎肯让老树先自己而去呢，于是又用甘甜的水珠滋润着老树长出了新枝。

如果你没有机会到庐山，也就不能体会李白笔下“飞流直下三千尺，疑是银河落九天”那样的磅礴气势。此刻，站在十八丈瀑布前，凝神静思，感受其色其声，更惊叹于大自然的鬼斧神工了。来到瀑布右侧前方的山腰上，这里修有一座土黄色琉璃瓦、朱红色柱子的古典观瀑亭。上亭回望，虽瀑布小了许多，但却可以看见瀑布的整体风貌。此处是摄影和观瀑再好不过的位置了。对照回望瀑布和仰望瀑布“远近高低各不同”的两种感觉，咀嚼着太平天国将领冯云山将唐宣宗李忱与香严闲禅师的联句改成的《咏瀑布》“穿天透地不辞劳，到底方知出处高。溪涧焉能留得住，终须大海作波涛”的句子，便对瀑布意境有了更深远的理解。

幽静苍龙峡

古今之胜景，多是妙在天成，毁于人造。因此，我以为未开发的地方最美丽。宁陕筒车湾镇近处的苍龙峡就是这种至今仍保持完好的原生态的“处女地”，它像一位深居大山里的村姑，遗世独立，集大美于一身，不染尘俗，这种美最叫人动容。多年前，我与同事一行前往，感受了这“养在深山人未知”的苍龙峡，不凡不俗的幽静处。

步入峡口处，一块石碑映入眼帘，碑面墨色透金，上面的文章引人注目，细读乃刘云先生所写，名曰“苍龙峡记”，文中写道：“宁陕城西去二十里有镇曰筒车湾，镇南二里有峡如龙，故曰苍龙峡。辄入峡口，冷气逼面，溪影斑斓，跌水成花，游走不前者，即成龙潭，或浓重不知其深，或清浅频见游鱼，或枯木老根遇水如龙之潜饮，或彩石苔藓摇曳如龙之宴欢。有感佩者曰：此神化之状南山无出其右也！龙潜如渊，其志在天；林木森然，龙之居也。斯峡婉转不过千步，其深幽、神幻、谐趣，尽为天造；如奇石、如怪木、如古藤、如瀑影，尽显灵异。吾游之再三，归后不知肉味。是谓：人行于世，但有一日忘我足也；狡竞于群，唯求一木与朋释也。故为记，勒于石上，证于同好。”读后众人翘手，无不赞叹！

苍龙峡，原名苍湾峡，因峡内有一处

岩石酷似苍龙饮水，故改为苍龙峡。这里集溪、潭、瀑、奇石、峡谷、森林于一体，自然风景美妙独特。进入峡谷，心被眼前的景物震撼。大自然的鬼斧神工，使方圆几里流石密布，到处怪石嶙峋，奇石磊磊，小石拥大石，大石护小石，似海龟，如蟾蜍，千姿百态，惟妙惟肖。在这些乱石堆上，裸露着灰褐色的沉寂。峡谷中的树让人感到震撼，更给人一种向上的力量。在一个河潭旁，有两棵树因长得奇特，留给人们很深的印象。一棵粗些的树和一棵细点的树相互拥抱生长在一起，细树的树干竟穿过粗树的树身，看上去像一对恋人终生相守，生死难离，人们称其为“夫妻树”。溪水汩汩，清澈奔流，遇石成潭，遇岩成瀑，峡谷里大大小小数十处瀑布，形状各异。沉稳持重的山峦，幽深静谧的峡谷，峥嵘嵯峨的山峰，茂密如荫的森林，秀美错落，勾画出清晰明快的层次，也刻画出苍龙峡雄浑的气韵。

山重重，石叠叠，隐藏在山石间的一泓碧水，形成叠叠瀑布，处处浅潭，哺育着株株绿荫，像颗颗蓝玉石镶嵌在峡谷乱石之中，使峡谷有了几分喧嚣，多了几分神秘。游人入谷，聆听小溪的清唱，顿时心旷神怡，消去尘世的烦心，感叹这里真是休闲探险的绝妙之处。

一位诗人游过这里，有感而发。在诗中写道：“盘根虬曲于石缝间的树/将苍龙峡的上空/翠枝缠舞了/飒爽凉风扑面/藏去了秦岭的险要/晃荡着走过矮矮的吊桥/方听到瀑布的喧嚣/潭深不叠千层浪/掣平一帧玉容的镜像/镶嵌于峭壁峻岩/只能掬一捧沁人心脾的啜饮/再到木亭中坐息苔凳/云朵找不到汗渍的咸味/枯叶化蝶飞不出我的随想/告诉未来的旅途/安然无恙地走进苍龙峡/趁着天色尚早！”

走出峡谷，游人回眸难舍，点头惊叹，此处绝妙！此处绝妙！这种连连赞叹声，让我产生了这样的感悟——

人们看风景，总想把眼前的一切看个透彻，所有的纯美情愫深藏在清澈的眸子里，把对未来人生的祝福和祈祷揉进眼前的一切，升华出美的底蕴。此时，风景也许会融入你的身体，带来灵魂短暂的安宁。如白居易的“花非花，雾非雾，夜半来，无明去。来如春梦几多时，去似朝云无觅处”，将人带入一个似雾似春梦般的短暂梦境，任凭鲜花簇拥。

人们寄情于景，难得陶醉，犹如人生一次短暂的逃避，但逃得无影无踪时，也便成为古代的隐者……风景绝佳之处，往往成为灵魂的寄托之处。

陶渊明纵情山水，李太白踏访名山大川，苏东坡月下访友，他们留下的情感和诗句，不恰恰是思想者的灵魂在风景中真挚的咏叹吗？他们从山水的灵秀中得到的点点慰藉，犹如灵魂的再一次净化和升华。当你走出苍龙峡时，你的感悟一定比他们更深，更透。

美妙上坝河

距宁陕县城东北方向21千米处，有蓝天白云衬托下的奇山秀水，格外迷人，仿佛一幅鲜活的山水画，这就是国家级森林公园上坝河。这里山体巍峨，沟壑纵横，竹茂林密，溪水缠绵，最高海拔2686米，最低海拔900米，动植物资源十分丰富，森林覆盖率达95.1%。遍地的兰科、蕨类植物，密不透风的原始森林，星罗棋布的泉眼溪流，奔跑鸣叫着的小精灵们，它们是这里的主宰。

生态上坝河，天然大氧吧。上坝河国家森林公园以森林景观为主体，苍山奇峰为骨架，清溪碧潭为脉络，珍稀动物点缀其间，构成了一幅静态景观与动态景观相协调、自然景观与人文景观浑然一体的生动画卷。这里峰峦叠翠，湖光山色恬静瑰丽，曲流溪涧晶莹碧透，烟雾浩渺，吐珠溅玉，奇峰怪石，如锦似画。

顺河而上，四周层峦叠嶂，竹林深密，飞鸟萦鸣，幸运时你还会见到野猪或锦鸡、羚牛等珍稀动物。一潭潭清溪似碧玉散落但又紧密连在一起，串成绵长20千米的上坝河。向两边望去，长岭岗、骆驼峰、磨子岩、轿顶山、八大鼓奇峰耸立，神情傲然。河边不时可见青苔斑斑的石洞，想必是古人搭桥所用，在丛林当中，还会发现一座座石刻墓碑。据说，明清时期上坝河苗汉两族杂居，其上部居住着苗人上万之众，后来由于瘟疫，苗人整体迁徙，青龙、红花铺、油房坪、五大殿、焦家沟、硝洞河、平河梁的沟沟峁峁都铭刻着苗人勤劳的身影和足迹，留下了许多悠远的故事和文化沉积，待后人发觉考证。其中最有名的当属安葬在五间房的一个明朝将军墓，现在仍依稀可看到古墓当时的壮观，石雕的碑门、围墙，四周遮天蔽日的冷杉林。可以想象，这条子午古栈道的支道当年的繁荣景象。

再往前走，便进入海拔1500米以上的高山区，呼吸着森林特有的清香，你会更深地感受到原始的滋味。那棵棵牵手可围的古树，或高耸入云，或绿荫如盖。红桦、油松、五角枫、卜氏杨等树木相拥而生，神态亲密，是那样协调。不时见一拳头般粗细的藤蔓如云雾草须，缠绕在大树上，绽放着朵朵野花，像是向人们诉说藤缠树骄傲的故事。凝视脚下松软的高山黑土壤，蕨类、禾本科、兰科、苔藓、地衣等一些不知名的野生植物，恰到好处地点缀其间，逗人喜爱。听不远处有哗哗的水响，走近看，海拔2030米高的凸凹山崖上，一股清泉飞泻而下，似玉龙舞山涧，在崖下形成一波三折的清潭，升起一团薄薄的迷雾，在阳光的照射下，慢慢化作一道道彩虹，悄然离去。坐在潭边，凉风习习，一只水鸟骤然而至，吱吱风声，飞入水帘，此情此景，悠闲安逸。手搭凉棚向远处眺望，五女峰、鹰嘴岩、石天门巍然屹立，惟妙惟肖，虬龙古松若隐若现。忽然一股山风袭来，云遮雾罩，在云即雨，小则细雨蒙蒙，大则急雨滂沱，大雨过后，紧跟便是云雾锁山，奇峰古树在云雾中缥缥缈缈时隐时现，更富诗情画意。若是隆冬，更是别样景象，大雪纷飞，天地合一，满目洁白，群山古树冰清玉洁，河溪封冻，冰花天成。日光照来，处处玉树琼花，耀人眼目。踏雪登山，空气清新，享受难得的宁静与清闲。

最迷人的景色，当数上坝河的迷雾了。雨过天晴，一团团白絮便从沟沟涧涧升腾起来，让人分不清哪儿是天，哪儿是地，仿佛步于天宫，手上牵着云，脚下踩着雾，满世界都是白茫茫一片。唯有奇山、古树，在云雾中海市蜃楼般飘飘缈缈，时隐时现。

青山不墨千秋画，万古琴韵上坝河。上坝河国家森林公园建有国际狩猎场、大秦岭艺术创作中心等旅游设施，可为游客提供野外狩猎、射击、休闲度假等旅游活动，是目前国际、国内最具影响力的山地狩猎场之一。

舌尖上的宁陕

电视纪录片《舌尖上的中国》的播出在全国各地引起轰动效应，产生了强烈的反响。中国的饮食文化丰富多彩，每个地区都有着自己独特的饮食习俗，这种习俗展示了不同地区、不同民族的饮食传统制作技艺是多么精湛，多么博大精深，多么光彩照人，生动地展示了中国饮食文化的无穷魅力。

对于老百姓来讲，舌尖虽小，但舌尖上的事都是大事。先贤有云："民以食为天"，百姓常言："开门七件事，柴米油盐酱醋茶。"人无论地位高低，年龄大小，都要满足舌尖上的需求，所以一个地方的饮食特色就成了大家关注的话题。

地处秦岭中段南麓的宁陕县，由于地理位置属南北交会地带，在饮食习俗上表现出鲜明的南北交融、兼容并蓄的特点。这里美食小吃风味独特，品种丰富，味道纯正。曾在宁陕工作过的刘云先生把宁陕的饮食总结为："食尽天然，味在宁陕。"而让外地旅客津津乐道、赞不绝口的是地道的清水豆腐、洋芋糍粑与宁陕地道八大件全套。宁陕地道八大件全套为八凉八荤八素，是一道集中体现陕南饮食文化的传统美食，其菜品搭配、摆放、吃法都很讲究。其中蒸盆子源于紫阳相传，以上好莲藕、猪脚、鸡块、萝卜、肉丸和蛋饺分层叠放，用大锅隔水而蒸成。这道菜原汁原味，汤醇肉香，色香味俱佳，是来客必吃的一道传统大菜。而清水豆腐又白又嫩，端在手上呼扇呼扇，娇样儿活像出水芙蓉。要是你的手艺好，或烹，或炒，或凉拌，配红着绿，摆两盘，饮两杯，谈天说地吟诗作赋，有这位"仙子"作陪，淡素不腻，助了雅兴，饱了口福，实在惬意。而洋芋糍粑、粉皮炒腊肉则是地方特色菜之一，口味属于咸鲜，色彩美观，柔韧耐嚼，香味浓郁。

宁陕人好客，有客自远方来，家里必取腊肉，杀公鸡、择佳菜，精心制作一席。上菜也很有讲究，先是上凉菜：熟腊瘦肉一盘，黑里透红；血豆腐一盘，红白黑相间；酸蒜薹一盘，金黄金黄；神仙豆

腐，绿色美食，纯正天然。中间摆放一碗酸辣调料汤，在吃凉菜时蘸用。每人面前一杯酒，不管你是否能饮，自家烤苞谷酒一定要满上，刚出的酒度数最高，酒味最醇，香气最浓。酒过三巡，上热菜，便有清炒鲜竹笋、鸡肉焖板栗、香菇炖猪蹄、香椿盐菜蒸腊肉片，金光油滑，香气扑鼻，最后还有一道蒸盆子。这些特色小吃与大批外地人迁到宁陕有关，他们带来了南北生活习俗，与当地习俗融合，便形成如今特色鲜明的地方饮食传统，这也正是令宁陕人自豪和满足的。

宁陕县城五郎关

宁陕县城一角

中卷 故土情怀

ZHONG JUAN GU TU QING HUAI

在我心中，总有一幅图画，任凭岁月风霜的磨砺，久经世俗杂尘的涂抹，但它日渐清晰，日渐鲜活，日渐充溢着火一样的激情。我知道，它来自我生存的土地，来自我心灵流放的旅程。它被梦和希望之笔描绘，像醇香的美酒滋养我的生命，这就是生态乐园的宁陕。钟灵毓秀的绿色气质，让你留恋，让你向往。

鸟瞰城隍庙

绿之都

如果说秦岭是中国人的“国家中央公园”，那么被称为秦岭之心的宁陕应当是“国家中央公园”的“园中之园”。独特的气候和地理位置，孕育了丰富的珍稀动植物资源，在西北地区独树一帜，成为国家级生态示范区和南水北调工程重要水源涵养地，这就是被誉为秦岭绿都的宁陕县。

俯瞰这片土地，山脉叠峦起伏，巍峨挺拔。3678平方千米的土地上山清水秀，林木葱郁。清泉、曲溪、碧潭、飞瀑异彩纷呈，大自然的鬼斧神工使绿都宁陕无山不秀，无水不美，物华丰茂，人杰地灵。

这里与西安、汉中、商洛毗邻，自古是秦巴通道的咽喉，当年在这里凿石修成关中通往汉中巴蜀的子午栈道，成为历史上有名的古栈道之一。秦末汉初，项羽封刘邦为汉王，刘邦带人马迫离长安沿此道去汉中。唐时从四川涪陵向杨贵妃进贡荔枝，日夜兼程到达长安送往临潼骊山华清宫就是取之子午道，所以，历史上将子午道又称为“荔枝道”。唐代诗人杜牧“长安回望绣成堆，山顶千门次第开，一骑红尘妃子笑，无人知是荔枝来”一诗，就是描写当时通过子午道送荔枝的情景。

如今，西汉高速与210国道纵贯宁陕全境，拉近了宁陕与大中城市的距离，使宁陕融入了西安、成都、武汉等大中城市半日经济圈。县委、县政府审时度势，紧抓机遇，响亮地提出了“生态立县、旅游富民、文化兴县”的发展战略，千方百计优化环境，敞开山门，招商引资。目前，已成功引进21家企业，启动20余个旅游开发项目，投资总额突破数百亿，成为秦岭片区旅游投资开发的一方热土。

大自然的壮丽秀美，加之人们不懈地开发建设，使这块土地平添了神奇的魅力。自古有西北地区“小九寨”之称的苍龙峡景区，能让你领略到鸟语花香、曲溪通幽、古树参天的人间仙境；感受到秦岭峡谷惊险刺激、终身难忘的漂流经历。

朝阳沟、上坝河和筒车湾休闲度假区是集狩猎、娱乐、休闲、商贸为一体的综

合旅游区。景区不仅有四季挂冰的朝阳沟，叠峦飞泻的神龙十八潭，形态各异的卧牛石、人头山、钟楼、石鼓等自然景观，更有盛唐时期留下的龙凭寺、铁板峰、金银山古战场遗址。人们到此游览，既能尽情享受回归自然的无限情趣，又能了解唐王狩猎、马放南山那鲜为人知的民间传说。

山居是福

一位文友曾把秦岭称为生态福地，我想那福源于适宜人居的最佳自然环境，源于热情好客、纯朴善良的当地居民，源于这里是生物多样性的“基因库”。

走进故土——秦岭腹地的宁陕，那森林簇拥的山峦深处，有烂漫的山花，洒脱的白云，翠绿的大树，蜿蜒的藤蔓，空旷的草甸，飞流的瀑布……还有那漫步于森林中的大熊猫等珍稀动物。

那里有纯朴好客的山民，哼着小曲，在田边忙碌着，狗儿在他们身边围来转去，不时传来几声狗吠，伴着泉水的叮咚，鸟儿的鸣唱，绘出陶渊明笔下世外桃源的风景图。

万山苍翠之中，树木花草透着最大的闲情，山光水色如画，天水人情相融相趣。无尘之境在不断地慰藉我的思绪。

坐在窗前，花草的清香不时在我身边飘过，蓝天映照微绿的河水。望着对面葱郁静美的山峦，我沉浸在山的静美情趣之中。

生动的风景，含着雅致、细腻、清新，如诗如梦的绿意，伴着那点点飘香的野花，微风一过，惬意极了。虽说香味是花的灵魂，但最心怡的还是那意味深长的袅袅淡香，那吐而不露的感觉好诗意，这也亦如人的淡泊情怀，宁静致远吧！

在这安乐的世外桃源，人悠然地如隐于林间的闲士，诗意的亲切又是那样朴素自然。

春来了，淡红、淡紫、淡褐、淡黄等

柔和之色的花儿伴着翠绿的叶子，在轻摇着天光云影。农宅住地飘起的袅袅炊烟，意犹未尽地迎合着白云飘向了山顶，使你不知荡着的是白云还是白色炊烟。绿色山水在蓝天白云的映衬下是那样生机勃勃，又是那样静美和谐，真是这天地的极致之美。

蓝天上飘荡着几朵悠闲的白云。在蓝天的映照之下，山更加清秀了、纯净了、超然了。我似乎也超然了！文友说：当你安静的时候，思想会溜走，并不是因赏山的专注，而是明白了人生的一些精辟的东西，新的思想也就在安静中、轻松中迸发形成了。

此时友人下了定义：山居是福！但我常常问自己为什么？也许是云的缥缈变幻带给人的浪漫、激情、冲动，太过于让人浮想联翩，而山的博大、静美中蕴藏着不变的真理，凝重中又透着平和、淡然，且不乏清纯、圣洁。实际有福的是因为有山，看山、吃山、靠山，讲的是一种境界，一种超然的思想，用现代人的理念发现并开发利用自然之美，让更多的人走进山中，体会身外的怡然自乐和平和淡然。山里人朴实、勤劳、善良、智慧。在那四周青山环抱，条条溪水交错盘绕的山坡上、梯田里，在那农民常年不断，尤其是夏秋两季农活特别紧张忙碌的季节里，常可以听见来自农田里、山坡上、山脚下的高亢开朗、朴实优美、悦耳动听的山歌和别有情调的号子声。

“太阳落坡子落城，唱个山歌谢主人，三顿茶饭多谢了，今天活路没做成”，这是互相换工的道谢歌。“麦子出来打拌汤，燕麦出来炒面香，苞谷出来烤美酒，月亮底下谈家常”，真实反映了农家丰收的喜悦和美好生活的乐趣。

上山采药，下田插秧，林下养殖，这种异于城市里的劳作方显山中几分喧嚣与生机。

古语曰：仁者乐山，智者乐水。我自认为我是不智又不敢称仁者，但却是乐山乐水，期盼永居这山中，让自己爱山爱水的天性与这里相融相趣，相看两不厌。当然，此刻山中如再有抚琴弄画的“村姑”提壶挎篮，翩翩而来送茶食，那真是佳山胜水美伦之好，美于极致了！

山是云的眷恋，云是山的衷情，而雾是云的精灵，云雾迷蒙，山色奇秀，诗中有画、画中有诗的佳境，如一首深知禅理，融画意、诗意、禅理于一体的山水诗。

苍翠之中的静美，正好与自己悠然自在的心境相符，感受到了万物各随其性、各有所归的自然本性。远离尘俗之心，住的地方就自然偏远僻静了，体味到了其间快慰却不知如何表达，只有独享这份愉悦了！

山间之美，俯拾即是。天地间充满了闲情韵致，在云来云往的每个瞬间，用心感受周围的点点滴滴，品味着平凡中之不凡的微妙情趣，活出一份山野的自在与闲情。

秋天因短暂且梦幻般丰富多彩，使人如同面对一张稍纵即逝的妩媚笑脸一般，生出不同于其他季节的感触与联想。

那漫山遍野的针叶林和阔叶林扎根于山岩之中，躯干直伸蓝天。举目四顾，绿林丛中红叶点点，犹如烂漫山花争奇斗艳。高山流水，百丈飞瀑，将崇山峻岭打扮得分外妖娆，让人有一种身在仙境画廊般的感受。

家乡特有的山水风光，孕育了一方人对生活的真情感悟，陶冶了山民纯净的心灵。面对青山绿水，人们往往会发出这样的感叹：自然之美缘于上帝的恩赐，生活之美缘于社会的进步，身居山中要知福，珍爱自然、开发自然、感受自然，这便是最大的福了。

（本文获安康电视台举办的电视诗歌散文大赛二等奖）

南山村

这些年因工作的关系，我走遍了祖国的名山大川，可以说无论是神秘的西藏，俊秀的黄山，还是七彩云南，都不能频繁地走入我的梦境，只有秦岭南山中的那个小山村——蒿沟，在我心中一直是最美的地方，美得使我至今对她留恋依旧，铭记依旧，牵挂依旧。

这里，没有奇峰险壑，也没有俊景佳木，有的是高低参差的山峦层层叠叠向远方涌去，连绵不断，逶迤相随。山色是一律的绿，这绿是松、竹、灌木濡染出来的，油光翠亮，生机勃发，令人心醉。

一场春雨过后，阳光明媚，将山峦照得分外明澈，如果没有云朵飘浮，山顶就似雕刻在蓝色背景上的浮雕，凸起和凹陷的地方显得格外分明。

似乎所有的山都是北坡平缓而南坡陡峭，秦岭南山的蒿沟村形成了一道道又高又深的峻岭和峡谷，这样的地貌给村民带来的是行路的不便，田地的沟坎，生活的艰难。但凡事有弊就有利，正是这种沟沟岭岭，使蒿沟村具有了独特的自然风貌。山上植物茂盛，树种很多，有乔木、灌木，最多的是橡子树和栗子树，也有梨树、杏树、核桃树、柿子树等分布在山上或田间。春天，五彩缤纷的花朵竞相绽放，蜜蜂、蝴蝶和一些不知名的飞虫会围绕着花儿歌唱，采撷蜜汁。

大树的间隙里是灌木丛，它们有的是藤状，有的是草本，有的是介于两者之间没有明显标志的植物。由于种类繁多，很多植物连村上的老年人也无法准确叫出它们的名字。可是它们并不在乎人们能否叫出它们的名字，只要有适宜的气候就会按时发芽、开花、结果。若是春天从这些草丛中走过，身上会沾满花香，知名和不知名的小花或红，或绿，或紫，或橙，芳菲不尽，香气醉人。到了夏天，在火辣辣的太阳照耀下，绿叶大方而沉静地在山坡上铺展，接受着蓝天的检阅，她们的绿是那样深沉、凝重、庄严，把生命的意义书写得一目了然。

居山为农自然是春种、夏忙、秋收、冬藏。春天，农民会去平整土地，或犁或

耙，或吆喝着那头老黄牛将解冻的土地翻得松松散散，耙得平平整整。累了的时候，一屁股坐在田埂上，吸袋烟，看河对岸泛着绿意的杨柳，拨开脚边的枯草寻找刚露出头的嫩草芽。夏天，是庄稼疯长的季节，田地里一天一个变化，一月一个模样。在玉米和大豆拔节、开花、结果的过程中记录着山民锄草、施肥、守号的甘苦。秋天，田园里男女老少忙碌着、收获着，脸上挂着丰收的喜悦。农闲时节，有人这样形容山民自得的生活方式："娱乐靠手（打牌打麻将），治安靠狗，通讯靠吼，交通靠走。"

对于蒿沟的历史，村上人是说不清的，他们也不想说清楚，因为那些历史与他们似乎都没有多大关系。乡亲们能记得并流传至今的是入沟不远处有一块诗文石碑，相传为曹操路过所书，可惜年久风化，碑文多已脱落，无可考证。再向前行，一深潭镶嵌在几块巨石之间，名曰"黄龙潭"，潭上方土山包上还建有一处"龙王庙"，相传潭内有修炼成仙的黄龙，能为凡人解除病痛，消灾祛难，于是引来许多香火。

两叉河分道，左为铁牌沟，右为天府寨。就在两沟交汇处不远，有座"龙凭寺"遗址，据说该寺始建于南北朝，兴盛于唐、宋，曾几建几毁，僧侣最多时达五六十，如今遗址上留有一座三层雕凿的石塔以及当年僧人使用过的石碾盘、沐浴石盆等。天府寨沟内有怪石林立、形态各异的石阵。"铁板峰"山体陡峭峻拔，山顶上有宽敞的平台，传说这里是唐时西凉国军师铁板道人练功修行之地，如今平台山还留有一个铁制小庙宇，自平台向下垂直挂着一条铁链，悬崖万丈，令人可望而不可即。这里也曾是唐兵马营遗址，“刀枪入库，马放南山”便指此地，现有当年的拴马柱和一口供千人饮食的大铁锅，据说是铁板道人腾云驾雾从四川峨眉搬来的，当地采药老人在山里见过。锅的半截被泥土掩埋，锅里能躺两条大牛。

传说归传说，现存的遗址可以证明这里曾经有过喧嚣的历史，因为这里不仅山奇林深，是练功习武、修身养性的最佳去处，而且距十三朝古都西安仅一山之隔，如此思考就可以信以为真了。

村落是在山的包围之中，三山一岭三道河组成了这里独特的环境。民房依山而建，傍水而居，春夏天气常常是云蒸霞蔚，淡淡的炊烟笼罩在小村之上，使山有了几分朦胧，使林有了几分神秘，使人有了几分仙气。云雾缭绕的山野深处，山就有了漂浮的感觉，云就有了海阔的意味。大雨过后，山峰如洗，太阳像风铃挂在天的中央，摇响着弯曲乡道上欢快的脚步。

蒿沟村就在这样的大背景里隐现，没有什么例外，霜降过后，山这边风飒飒吹，雨潇潇下，村庄笼罩在一片静寂之中。金黄色的玉米棒挂满房前屋后，大豆秸秆堆成了山，地窖里储满了山药蛋（洋芋）。后院的柿子树上一个个火红的柿子裸露在树枝上，引来了无数山鸦雀叽叽喳喳的欢叫声，逗得猪啊牛啊猫啊东张西望，院里充满了收获的气息。山上红叶虽比不上香山枫叶那满山红遍，但也有大片大片的红焰在熊熊燃烧，映红了山村姑娘小伙的脸庞。原来是花朵的地方，经过一个夏天的蛰伏，硕大的果子会突然冲出绿叶的重重包围，露出它们亮丽的脸蛋，开始还带有几分青幽的羞涩，一天两天再看时，青幽骤变，竟成了堂堂正正的金黄色，那时从它们的眸子就会发现一种期盼，那是少男少女成熟时的期盼，等待着辛勤的人们把它们采摘。

正因为这里有美好的故事，神秘的传说和山水森林奇妙的风景，如今成了古都西安人休闲的去所，旅游的乐土。通往村里泥泞的山路被宽阔的水泥路取而代之，村里的民房也洁净起来，长得狗头狗脑的黑蛋、狗娃脱了布鞋穿上皮鞋也人模狗样了。他们当中有的丢掉了斧头锄头，买了汽车拉上游客疯跑，不仅兜了风，口袋里还赚了钱，晚上躺在床上说梦话，嘀咕着这辈子开了眼，早上起来还直犯迷糊，猜测西安市的人咋了，这么靓的妞往山沟里钻，还大把大把地往山里甩钱；有的办起了避暑山庄，建起了峡谷漂流。从此每到周末，来到村子的游客愈加多了起来，当地的山货特产也值钱了。村支书脑子灵，点子多，带领乡亲们养纯种土鸡，开办农家乐。一盘木耳炒土鸡蛋，喝口苞谷酒，吃得游客云里雾里，难忘一辈子，走时跷着大拇指说：“下次再来！下次再来！”

村子通了电，开办农家乐的家家买了电视机，家家装了电话，人人有了手机。

信息灵了，也看到了外面精彩的世界，知道了这村子虽是山沟野洼，却是一块未开垦的处女地。近在咫尺的城里人在那钢筋水泥修筑的高楼大厦里，生活和工作带来的压抑直逼得他们去寻找一块朴素纯净的自然环境来放松自己，这大概就是城里人追求返璞归真的原因。村里人了解到这些，胆子大起来，开发出一道道山珍野味，餐桌上也多了花样。他们还从外地引来特别的鱼种，名曰虹鳟金鳟，只适宜在海拔1000米以上，水温在20摄氏度以下养殖，成了村民致富之道，又为农家乐增加了一道美味。当地的旅游业发展得越来越兴旺，去年“深山老林”和“冰晶顶”旅游开发项目落地生根，投资十多亿，省上主管旅游的副省长包抓这个村，蒿沟的发展前景可想而知。

一位旅客来到这村子住了一夜，回到省城西安，在自己的博客上这样写道：“久居都市的人们终日被钢筋水泥所包围，被污染噪音所困扰，每天压在身上的工作已经够多了，再不出去走走，很容易崩溃。星期天我去陕南，经过宁陕‘秦岭漂流’，这里名叫铁桥，距西安87千米，沿一座石拱桥拐弯处的一条便道进入当地人称为蒿沟的深山沟里。进沟后我们所看到的是秦岭的巍峨与葱郁，听到的是啾啾鸟鸣和潺潺的流水声，感受到的是山里人的别样风情和小山村独有的平和、宁静与休闲。如果你有兴趣，弃车下乡，步行到柳影婆娑、翠竹拥抱、山溪作响的村野山庄，那种怡然自得的感觉无与伦比，沿着人工修砌而成的简易便道向东南方向行走，映入眼帘的好比东晋陶渊明的名篇《桃花源记》中的：‘缘溪行，忘路之远近。忽逢桃花林，夹岸数百步，中无杂树，芳草鲜美，落英缤纷……’之景象，放眼四周大树参天，鸟语花香，越走越让人感觉到无比的沁人心脾。”

这座养育我的村庄，自然之美令我陶醉，人文之谜令我回味。无论是过去那静谧的村野山谷，还是今日那热气腾腾的开发之地，都证明这里的神奇和魅力。每当我回想故乡这两个字，无论从嘴里说出来，还是从笔尖上落下来，都很重，很泥土、很浑厚、很绵长，容易让人眼眶发热，思绪万千。

（本文发表于2010年《美文》杂志第九期）

情感家园

在我心中，总有一幅图画，任凭岁月风霜的磨砺，久经世俗杂尘的涂抹，但它却日渐清晰，日渐鲜活，日渐充溢着火一样的激情。我知道，它来自我生存的土地，来自我心灵流放的旅程。它被梦和希望之笔描绘，像醇香的美酒滋养我的生命。

走进绿色王国，走进生态乐园宁陕，清丽雄壮的山水打造出绝无仅有的绚丽，演绎着人间绝妙的童话，以无与伦比的高雅气质、钟灵毓秀的绝世风度，让你向往，让你留恋。

静谧的兰花湖被四面耸立的山峰守卫，平坦的草甸被百花的清香点缀，裸露的旷野被奇树异草簇拥着。

站在这块土地上，短暂的对视也能让人为之一振：熊猫在箭竹间嬉戏，羚羊在林间漫步，金丝猴在树枝上追逐，享受大自然的宠爱，而你却把大自然的爱深深地印入眸子，化为永恒。

子午古道旁，溪流不停地诉说着远古神奇的传说与今日美丽的变迁。那低韵高亢的音律震撼着多少人的心灵，冲击着人们无尽的想象。

雨后的山峰，清晰透明，云蒸霞蔚。在阳光的照耀下，灵动的绿波翩翩起舞；枫叶跳跃着绿色的光芒，点燃满山的鸟语；丛林深处一条宛若玉带的小溪，穿林而过，绘织成山与水的亮色。这一切让人为之倾慕，为之陶醉。

难怪有朋友曾说：“像山野诱惑春风，像草原诱惑骏马，宁陕秀丽的山水对人的诱惑是那样巨大，那样难以割舍。”然而，泥泞崎岖的山路，旷远苍凉的山野，挺拔险峻的山峰在不断地打磨着你的意志和品格，让你彪悍、威猛。手捧一片真诚，沿着心灵之路，走向耸立于山谷之中宁静的村宅与小镇，于是，你的经历、体验、情感与广袤的山峰融合在一起，心变得那么透明，那么洁净，那么富有。

如果说，宁陕因有了森林、碧潭、飞瀑而四季景色迥然不同：春的清丽、夏的庄重、秋的华美、冬的高洁，让人为之心动，那么，被称为世界基因库的秦岭则汇集了自然之美的全部。它将雄山、绿树、碧空、白云、花鸟、秀水尽纳于一身，勾画出一幅人间仙境般的画卷。远眺烟波四起的云海和苍山，宁静沉稳，博大飘逸的王者风范尽显。

这种诱惑叫我无法拒绝，这种眷恋让我永久珍藏，这就是我的整个情感世界，我的故土，我的家园。

（本文发表于《散文视野》和《绿风》杂志）

在南山北麓行走

大凡人成年之后，无论是学习、工作，还是从事其他某种职业，都会不停地行走。这种行为不分年龄、性别和身份，或行走在沉寂的山野，或奔波于喧嚣的都市。这种付出和收获的过程，是一种实实在在的经历。

有时停下脚步，回头想一想，人生的旅程有多远？一生走过了多少路？谁能说得清！唯有在深爱的土地上生存拼搏，爬山蹚河，寒来暑往，日复一日的生活情节能让你记忆犹新，像一幕幕历史剧上演在你的脑海里，时常浮现在眼前，终生难以忘怀。

一座山、一汪水，甚至一棵树、一片叶子，都是一个真实的存在。心里藏着千年往事，陌生而又熟悉，遥远但却亲近。从白天到黑夜，从开始到结束，从历史到现实……时刻守护着这片土地。

一晃半生过去了，行走在秦岭中段南麓腹地的日子宁静、踏实，连同一波又一波难以自抑的感叹，共同支配着、引导着我。没有太多包装痕迹，也很少给人意料之外的惊奇，置身其中，彼此好像前生就已相识，而我来到这里，正是为了赴一场前世的约定。那山与水，很清晰地滤过我的思绪，伴我在茫茫人海里行走赶路。

山水无言。绵延1600千米的秦岭大气磅礴，透着千古风流。这安静的山与水，哺育了中华文明。秦岭横贯我国中部，成为南北方地区的分界线，长江流域和黄河流域的分水岭，造就了汉中盆地和天府之国——四川盆地的富裕。它虽不华丽，但它丰富、内敛、灵性，充满了让人心安的意味。这样的所在，暗含了一种未能言说的独特。

哺育我成长的秦岭人称终南山，有雅号名曰“国家中央公园”。无论何种称谓，用何种词语来诠释，都证明了这山非同寻常。它集岱岳的雄伟，华山的峻峭，衡岳的烟云，匡庐的水瀑，雁荡的怪石，峨眉的清凉于一身，让人更加关注和神往。

命运注定我与山结缘。小时候，我常常跟山里娃一起上山砍柴，下河摸鱼。我习惯在泥土丛林中忙碌穿梭，常常忆起乡村那高高的瓦檐，石砌的小路，还有那曾经深烙脑海中极富乐趣的往事。记得20世纪70年代初，我住的村子还未通公路，山路两边长满了大树，河里的鱼成群结队，那时娃娃鱼（大鲵）满河里跑，大家见怪不怪，当厨师偶然把它烧成鲜汤、做成美味拿上餐桌一品，味道那是了得，细嫩可口，营养丰富，一时捉鲵成风，价格猛涨，自然这种动物无处可藏，很快形影全无。难见大鲵，那就瞅准了这山中小溪里的土鱼。到了冬天，怕冷的土鱼三三两两藏进石头下取暖过冬，这时，山里人拿起八磅锤顺溪流而下去砸，大石板底下鱼最多。掌锤的人瞅准方位，“咚咚”狠砸，石板下受到强烈震动的鱼一条条惊惶失措地从石板里冲过来，有的浮在水面摇头摆尾，有的晕头转向四处乱窜，有的不知所措反身又钻进石板下。掌锤的不停地砸，一条条鱼不停地上下翻滚，不一会儿水面漂浮起一层白花花的鱼。

南山乡村农活不多，但每逢5月，便是下田栽秧耕种的季节，清早天刚麻麻亮，左邻右舍的乡亲便来帮活插秧。主人早早等在田头，主妇烧好酽香的罐罐茶，在田埂上吃烟、喝茶、寒暄，一支烟吸完，一罐茶下肚，人格外地精神。拔秧苗了，赤脚猛一沾水，还有点冰冷。十几人围着长长的芽苗，一律弯腰卷裤，手快捷地将秧苗拔起。

打过秧芽，正是吃早饭的时间。吃罢下田前，秧把式先来一段下田歌：“一步走进田里来，主家心里喜开怀，待到秋后拌桶响，银子多得下崽崽……”

歌毕，人们纷纷进入“阵地”，但见一二十人手一齐抖动，水波翻起处，一条绿线便端呈眼前。栽得快的只喊“移线，移线”，栽得慢点的则急着说“等一哈，等一哈”。农夫的手上动着，嘴也不闲着，年迈的讲起封神榜或三国的故事，年轻的则聚在一起男女对起山歌：“哥唱山歌妹听着，哥哥刚买新摩托，妹若有心嫁哥哥，哥带妹去兜风哟。”紧接着对方和道：“哥有摩托算个啥，妹妹才买桑塔纳，哥的摩托淘了汰，致富看谁跑得快。”

日到正午，该是歇伙打尖的时候了，主人家挑来甜酒、白馍，人们沿田坎席地或蹲或坐，用碗装酒，用手抓馍，说笑谈论，把5月布谷鸟脆生生的叫声都给压没了。

秦岭南坡山大林密，乡村未通公路时，走路全靠两双脚，运输离不开背和抬。由于山路崎岖狭窄，采药狩猎砍柴必然是上坡下坡，过沟拐弯变化多。搬运大一点的物件，特别是几个人抬东西时，后面人的视线往往被遮挡，每前进一步都很艰难，为了行路安全，首尾有个照应，千百年来，流传着“报路歌”。

最早的报路歌是从婚娶抬陪嫁物唱

起的。出嫁的那天，稍微宽裕一点的人家都要给女儿置办十件八件陪嫁物，请来抬陪嫁的汉子不仅力大脚稳，且能言善唱，遇到上坡，走在前面的就报唱“陡上陡”，后面的齐应“促起走”；下坡时，前报“阳坡阳”，后答“慢慢梭”；拐弯就报“连环之字拐”，后答“你去我不来”；过沟或路上有水时报“一路花滩”，后答“两脚叉干”；过桥时前报“两边虚空”，后答“端走当中”。

早年为了将山里的特产运出去，将山外的食盐、布匹等日用品运回山里，人们一直行走在南山北麓之间。那时，除了马驮，更多的是人工背挑，当时被称为“背老二”。

探究历史，在南山北麓，至今仿佛能隐约听见子午道上为杨贵妃送荔枝的马蹄声，也会读懂陶渊明《归园田居》“种豆南山下，草盛豆苗稀。晨兴理荒秽，带月荷锄归……”那美妙的诗句。在民间随处可闻唐王李世民在南山狩猎牧马，杨八姐与金簪河那动听的故事。

南山高山区，农田里多半种的是玉米、洋芋、大豆之类的农作物，每到收获季节，夜里会响起“嘟……嘟……嘟……”的木号声，山谷四应，山风传送，雄浑有力的号声传得很远、很远。山里人知道，那是守号人在吹号筒。所谓“守号”就是山民在坡地高处挖一块平地，伐木搭建三角形的木架，绑上一层树枝或竹竿，上覆茅草，此即号棚。待到地里黄豆豉荚、苞谷灌浆的时节，每天黄昏男劳力腰上别着弯刀，背上背着行李包，上坡到各自的号棚里，生一堆篝火，夜色浓重时，间歇性地吹响号角，威慑野兽，避免粮食被糟蹋。

南山，天是湛蓝的。坐在柴垛上仰望苍穹，云朵在空中瞬息万变，刚刚还是随风飘荡的一缕青烟，转眼间就变成了一匹四蹄生风的白马。

山是伟岸的，连绵不断，蓊蓊郁郁的森林给山坡穿上绿装。牧羊人的身影出现在蜿蜒的羊肠小道上，顺口的小调还在山间回荡。站在山腰上向远处眺望，人心一下子敞亮起来，那些琐事杂念，被迎面而来的风倏地涤荡掉，只剩下新鲜饱满的激情和松涛“哗哗”的响声在耳边回漾。

大山脚下，每户屋檐下扎堆似的挂着黄澄澄的玉米棒子，旁边还有一片珠帘似的柿饼串在风中来回摇摆。场院上铺满了刚刚收割的豆荚，有农妇挥动着连枷抽打着圆鼓鼓饱满的颗粒。

但是从南山走到北麓，又是另一番景象。八百里秦川的土地上，有十三朝建都的古城，四方四正的古城墙，沉淀着历史的印迹，书写着远古的符号。在秦始皇陵前伫立，面对威武的兵马俑沉思，会想起大秦一统天下的辉煌，不免对古人寄去一声长长的喟叹。那瑰丽的华清宫、海棠浴池，唐明皇和杨贵妃如烟的往事似乎在温泉中浅语。登上古城墙，俯瞰钟鼓二楼，远眺终南形胜，一种独有的意象便在心底汩汩流出。再攀大雁塔，听梵音袅袅，憩息在菩提树下，唐玄奘千年前的身影又现眼前。诵读古城碑林，徜徉在石质书海，咂品古文遗韵，真、草、隶、篆全收眼底。走进陕西历史博物馆，大气、凝重，令人震撼，悠久的历史，灿烂的文化，数以万计的文物瑰宝，让我们敬畏陡生。踏进半坡遗址，细听人面鱼纹盒的故事，会突然想去蓝田公王岭，去看看离我们十分遥远的蓝田猿人。

在西安，随便一块砖、一掬土、一棵树、一片破败的遗址、一幢毁坏的建筑，抑或是一个箭镞、一枚古钱、一方铜镜、一件器皿……略做考证，那上面就可能蕴含惊天动地的历史故事。

走在书院门的街道上，两边全是字画铺面，工艺礼品、文房四宝琳琅满目，单看那匾额，就仿佛是历史风景画。踩着青石铺就的路面，听着两边的吆喝，朝着古色古香的牌楼走，感受城市浓郁的韵味，心中就有异样的满足。

看完唐乐宫的仿唐乐舞，欣赏完易俗社的秦腔和秦俑魂的表演；去了真爱、阳光夜会、民生故事村……跳过、唱过、玩过之后，会说，西安的夜晚是迷人的。

吃过老孙家的羊肉泡，秦镇的凉皮，岐山的臊子面，百种馅的饺子宴，再有油泼辣子锅盔馍、裤带面、稼娃搅团……会说秦岭北麓的人是黄土里出生的，被小麦养大的。

逛了唐城、世纪金花等购物中心，看过品牌服装，精美电器……一应俱全，应有尽有，会说古城日益散发出青春的活力。

走累了，缓口气，定下神，会发出这样的感慨：南山北麓是自然与现代两道不同的风景，天成画卷与人造奇迹不同的杰作。

在城市，人们走在大街相遇不相识，目光相遇时，仅仅彼此对视一秒钟，然后转移视线，去继续寻找其他的目标。一部封闭的电梯载着我们上上下下，一辆无轨电车从城市的中心出发，“轰隆隆”驶向目标，到达终点。感受头顶的钢筋和脚下水泥的战栗时，定会想起那些久违的农具，它们与我的乳名（叫山子）散发着同样的气息。水磨石碾、木推车……像一支童年的歌谣，让人亲切，让人温暖。在农具旁边，山民紧张地劳作着，一位老人在耕地，虽是一种机械式的，却流露着那份安详和自足，让我凝视着久久地回不过神来。

有过这种经历，我们渐渐明白南山和北麓有着千丝万缕的联系，懂得祖祖辈辈源源不断从南山到北麓行走的理由，若北麓古城没有南山作依靠，哪有历史的辉煌和今日的兴盛。我们常常看到北麓古城的街巷里游走着许多南山人，如果没有他们源源不断地运往城里的山货特产，果摊上的生意会显得冷清。你看那炭市街上的山货，木头市的板材，菜市场的野味山珍，许多都取自南山，可以说城里人的生活离不开南山的供养。

然而，城里琳琅满目的商品又为山里人提供了必需的消费货源。随着政策的变

化，南山林木不许砍伐，野兽不许猎杀，土鱼不许捕捉，人们行走的节奏越来越快，队伍也越来越壮大。你看那农民送出去的是山货特产，带回来的是优质树种和科技图书；商人送出去的是白花花的银子，带回来的是丰富的商品；干部送出去的是一叠叠规划的蓝本，带回来的是实实在在的项目和投资客商。更多的人送去的是落后的观念、狭隘的思想，带回来的是先进的经验和发达的信息。南山人被城市吸引着，被城市影响着。

由于行走，南山一切都发生着深刻的变化。高速公路穿越秦岭直达县城，乡村窄窄的土路变成了宽阔的水泥路，煤油灯成为历史，手机成为时尚。城镇变靓了，变净了，变绿了。穿戴也时髦了，喇叭裤、老板裤勇敢地冒了出来。讲究色彩美、线条美、款式美，由一衣多季转向一季多衣，高档呢绒服、防寒羽绒服和裘皮大衣已走进千家万户。电器也从城里走向南山村。20世纪70年代三大件是“手表、收音机、自行车”；80年代三大件是“彩电、冰箱、洗衣机”；90年代三大件是“空调、手机、VCD”；到21世纪又被“电脑、汽车、住房”三大件所代替。山民们由砍树变为种树，由吃山变为养山，走出“一亩地两头牛”的传统耕作方式，发展特色产业，开发绿色食品，兴办农家乐……开辟出增收的广阔天地。

有人说：西安是个文化城市，有品位，沉重的东西自然多一些，远不及南山自然山水那样轻松愉快。是的，当你身心疲惫时，不经意间就会想起那种闲散和自然的生活。你看每逢节假日、周末，从北麓开往南山的车辆排成行，连成线，宁陕成了都市人休闲的理想去所。

南山、北麓，相互依存，更加亲和。

当来往有了一种结果，回头再想，行走不仅是一种付出和收获，更是一种姿态，一种本能，一种需求。

（本文发表于2009年《美文》杂志第六期）

山水草木间

生活在终南山里的人大概都知道，他们赖以生存的这座山孕育出来的茂盛丛林和花草，构成了一幅天然的画卷，是西安等周边大中城市的一叶“绿肺”，被誉为“绿都”。西安人称这里为他们的“后花园”。不管何种称谓，都证明这里是生物多样性的密集区，是秦岭南麓独特自然条件形成的绿色屏障。由于这里属亚热带湿润气候，草木无处不生，河边、沙滩、山坡、峡谷……只要有土有水分的地方，都能长出百草和神树，甚至在崖缝间或大石上能钻出一树雪松，长出一叶幽兰，过路人连连咋舌、口口称奇。而宁陕土生土长的山里人看惯了这里的一切，并不为怪，他们称它为神树和仙草，不准伐、不准采，世世代代呵护着这方水土，子子孙孙靠草木养育。记得20世纪六七十年代，那时我十多岁，外婆把我们全家从商洛的柞水迁到秦岭南麓腹地的宁陕，就是看好这方山水和这里的草木，在这里居住即使遇到灾荒，山里人也可活得滋润，因为野果四处飘香，百草能够充饥。当地老百姓称过去山里有三件宝，“树木、动物和香草”。只要勤劳，采一天山，能背回一篓野果，一筐野菜，运气好了，还能扛回一头野猪或几袋药材，不仅能让家人混个肚儿圆，甚至能购一样大物件。

那年，我初中还未毕业，看见邻里的伙伴把羊从家里赶往山坡，便跟着满山遍野地狂跑，小小年纪，就已经知道哪些植物是药材，可以挖回去给人治病，可以拿到小镇卖钱；哪些植物的藤条割下来可以编筐。让我们欣喜的是，有很多野草可以吃，它们不但味道极好，而且随处可见。那时粮食短缺，能寻到野果或野草吃算是幸事。在我的记忆里，印象最深的莫过于“裤裆泡”“八月瓜”和“野樱桃”这些野果子。每到收割季节，路边的草丛、树枝间，处处长着透红发亮的“裤裆泡”（形似裤裆的野果），也有人称它“羊奶子”。它是一种灌木树种，主干矮小，枝丫茂密，常常是一根枝丫挂着三五个果实，吃起来有隐隐的甜，又有微微的香，味道鲜美可口。

有一种野草叫“野韭菜”，也有人叫它“野蒜苗”，它不像人工种植的蒜苗那么散漫，而是叶子与叶子相拥而立，紧紧地聚成绿绿的一束，可谓性格内向，不张扬和卖弄，总是躲在某一丛林下，或藏在某一阴凉的峡谷旁，一副羞答答的神情。发现了它，无须镰斧，用手指在它的根部刨一下，就能连根拔起，如果山上没有水，剥掉外面的一层皮，用衣襟擦拭一下就能直接送入口中咀嚼，那味道鲜中有辣，辣中溢着野草气息。如果带回家用盐水腌制出来，那味道更是十分鲜美，称得上美味野菜，口留余香。那些能吃的野草在我们的眼里，已经不是单纯的植物了，它充当着拯救者的角色。我们的生命之所以得到延续，客观地讲，它们功不可没。

有人说“秦岭无闲草”，这话不为过。为此，著名作家叶广芩女士写了一本书，让我十分敬佩。而很早以前，神医李时珍秦岭尝百草，写下了《本草纲目》。我不禁想起老家已故的老学究曹学知先生讲过的一段传奇故事：相传，唐王李世民在终南山狩猎游玩，见这里奇草异兽多，风光旖旎，就在这儿过了一夜，谁知那赤兔马不知中了什么毒，不饮不食，口吐白沫，大便拉稀。唐王令士卒精心用药治疗，结果是三消三肿，不能彻底好转，于是令侍从连夜赶往腰竹岭找孙思邈。于是孙思邈送了一包从秦岭山中采集的草药，并叮嘱：喝了此药后，要在秦岭南山一块草坪好好休息几日。

侍从连夜赶回驻地，向唐王做了禀报，并煎汤熬药让马饮用，还按照孙思邈的吩咐，把马放进群山环抱的一大块草坪休息，几天后，赤兔马健壮如初。唐王跨上赤兔马，手持弓箭在丛林穿梭，张弓射箭，随从进山搜索，找到一只野兔、一头黄羊和一只山鸡，众将士齐声称赞唐王百步穿杨的好箭法。李世民更是喜出望外，遂令人圈划地界，钉石桩，将此地专作皇家射猎场和避暑山庄，于是，就有了“马放南山”的美好传说。还有诗为证：“一夕骄阳转作霖，梦回凉冷润衣襟。唐王不畏峰峰险，欣喜岭南处处青。画眉声声随意转，山花红紫游兴浓。始知锁向金笼鸟，不及林间自在鸣。”

然而，树是宁陕这块土地的主宰者，当地人对树情有独钟，无论过去还是现在，树与人相伴而生，相托相依，共患共存，谱写了一幕幕悲喜剧。记得20世纪七八十年代，宁陕城乡木材加工厂、次改林场“四处开花”，山谷里、丛林间到处能听见伐木号子和高大的树木瞬间倒下的隆隆响声。我亲眼目睹了一幅壮丽的场面，那是一条偏僻的山沟，不通公路，一位姓张的人承包了那块山林，名曰次改林场，他脑子一动，便从关中购了10匹大马，从山上往山下运送板材，每匹马驮上两块木板，在山沟里排成一队浩大的阵容，真有点茶马古道的味道。当时我与安康日报社的一名记者拍下了一组“可贵”的镜头，至今传为佳话。

最让人难忘的是当时宁陕未通高速，西万公路（210国道）是陕南通往西安的

要道，许多拉木材、木板的车辆都要从宁陕路过，于是“马路经济”发展势头很猛，当地人甚至周边地区的老板都赶到宁陕开办路边店。那时车出长安，入子午谷，翻越秦岭山麓，你便可看到公路两侧分布着许多酒肆饭店。这些酒屋，均集餐饮娱乐为一体，兼商业与服务于一身。它们或高楼大厦矗立于交通要道，或青瓦红墙掩映在茂林修竹之内，那红红绿绿的酒旗，在树丛中摇曳，翩然起舞，引得司机神魂飘然。

十分有趣的是酒店的招牌名目繁多，千奇百怪。雅者清淡素洁，书法颇具造诣；俗者飞金鎏彩，赤橙黄绿，令人目不暇接。旅途困顿，飞目观赏，竟觉得十分有趣。细细把玩，可分几类：

有以地理位置命名的：南充、天府、成都、南方、南北、宾海、川陕、川东、山城、西康、绵阳、秦巴、天汉等，天南地北，无所不包。其中川军算是一枝独秀了。

有以店主姓名或称谓命名的：山妹子、川妹子、巧姐、小芳、汉洁、巧萍、望妮、雅倩、芳翠、鸿翠等，可谓百花纷呈，阴阳互补，佳丽名媛居多，脂粉之味俱浓。

有为寄托某种祝愿而命名的：好运来、好再来、鸿发、如意、开源、康佳、平安、安达、顺达、一六八（意为一路发）、宏远、开心等，看那店名，亦似店老板堆满笑容的脸庞。

有具有文化品位和高雅格调的：望江楼、清菊家、沁园春、山泉、春意、森诺、林涛、瑞雪、新月等，颇具几分诗意，此等店牌不禁使人生出几分“采菊东篱下，悠然见南山”的情致来。

一家酒店便是一道风景线，或俗或雅，或土或洋，酒店的名称无不反映着店家的文化品位和经营思想，也给游客带来了旅途的方便。

可以说那时县财政靠木头支撑，一部分木头贩子也发了“横财”。据说当地最有名的木头贩子，大字不识几个，人长得鬼头狗样。走路一瘸一拐的张某，挣了几百万，经常往来于西安和宁陕间，常常是三五人聚在一起，社会上给他们总结的是：“拉板板（运木材）、扛碗碗（赌博），钻眼眼（玩女人）”，可这阵风早已刮过，许多事至今鲜为人知。

以消耗资源换来的一时的“经济繁荣”，终究不会长久。早在20世纪90年代初，县上领导就清醒地认识到采伐与育林必须相得益彰，不能留下“某砍光”的骂名，于是全县上下掀起了板栗建园的热潮。可以说，从领导到职工，从城镇到乡村，从企业到学校，每人都有建园任务，每位干部都有包抓联系点，年年组织两次声势浩大的检查验收。领导与领导之间，乡镇与乡镇之间，村与村之间，组与组之间，比质量、比任务完成情况，实行重奖重罚，全县上下可谓动真的、来实的，大家都埋头苦干，结果皆大欢喜。检查人员所到之处，要求在乡镇机关就餐，节约从俭，乡镇干部也只好就近买来几只鸡为大家开开荤，结果留下了“蒲河的鸡儿硬，江口的鸡儿(胍)，太山的鸡儿打糍粑”的笑谈。

回想过去，虽有几分辛劳，但如今看到分布在大山里沟沟坎坎、座座山头、块块坡地的宁陕30万亩板栗园和挂满枝头的板栗时，心里却满是欣慰和满足。这种经济林不仅绿化了山乡，也给百姓带来可观的收入。当林农大把大把地挣钱时，人们会暗自赞赏某位领导眼光长远，真有才。

“要想富，少生孩子多种树。”一时成为宁陕人的流行语。20世纪90年代末，国家实施天然林保护工程和退耕还林政策，地方政府带领群众抢抓千载难逢的机遇，总体布局，分步实施，稳步推进，未撤乡并村以前，所涉及的有14个乡镇98个行政村360个村民小组共有15366户55237人受益，退耕户人均补助2889元，做到了造一片，成一片，退一片，绿一处，全县森林覆盖率由1999年的82%上升到现在的90.2%，生态环境得到显著改善。

光阴荏苒，岁月如梭，时至21世纪，一项让宁陕人想都不敢想的伟大工程建成，即西汉高速公路穿越秦岭，横贯宁陕全境，一下子拉近了宁陕这山区小县与西安等大城市的距离，让宁陕融入了“半日经济圈”。这个封闭落后的地方，如今成了投资商看好的热土。县委、县政府领导班子审时度势，提出了“旅游富民，文化兴县”的发展战略，四大班子拧在一起，四处奔走，八处招商，苦口婆心，感动了一个个想干事的人。当他们走进宁陕时，立即被当地优美的自然风景、原生态环境所吸引，也被地方优越的投资环境所打动。2005年以来，先后有西安海荣集团、中国路桥集团、西安双龙公司等20多家企业落户皇冠、筒车湾、上坝河和大蒿沟，总投资达百亿，拉开了宁陕生态旅游大开发的帷幕。围绕生态旅游的发展，县上及时制定出台政策，扶持发展农家乐，提升酒店、宾馆等三产服务水平，连续七年实施县城“五个一”工程和加快景区景点道路、通信、河堤等基础设施建设，总投资超过2亿元。城乡面貌焕然一新，目前全县已形成了“蒿沟山地风景区；七亩坪高山峡谷及洵河水上观光风景区、平河梁自然生态观光区、县城文化生态风景区”等几大区域以及西汉路、210国道旅游大环线，朱雀森林公园至广货街、七亩坪至江口、皇冠至旬阳坝、筒车湾至天华山公园，县城一日游五条小环线。

休闲、漂流、狩猎、观光成为宁陕旅游的一张名片。宁陕也成为西安都市人光顾的好去处。他们挂在嘴巴上的话是：“在城市工作到宁陕休闲。”这个过去寂静得无人涉足的偏僻小县，如今成了南来北往旅客的“会客厅”。而旅客津津乐道的当地豆腐干、木耳、香菇、蜂蜜、腊肉、长春酒也成为抢手货。

吸引旅客眼珠的还有嬉戏在山水间的金丝猴，在田间觅食的国宝朱鹮，在林间游走的熊猫和羚牛。这些国家级重点保护野生动物，有时在你不经意间向你招手致意，或在你头顶盘旋，迎接你的到来，整个山野会与你融为一体，让你感受梦幻一般的生活。

在发展旅游业的同时，宁陕还在林权制度改革、12年义务教育和新农保等民生工程方面率先走在全市、全省乃至全国的前列，多家新闻媒体竞相报道，一时引起了巨大的反响。一个国家级贫困县能够在短短的几年时间一跃成为全省旅游强县，率先实现12年义务教育和新农保全覆盖，经济总量、农民收入成倍增长，不能不说是一个奇迹。

2011年金秋十月，“诗意宁陕·秦岭笔会”在宁陕皇冠举行，全省近百名作家、诗人、书法家、记者和官员慕名而来，欢聚一堂，畅谈宁陕优美风光和地方发展变化，个个赞不绝口。其中一位作家在一首诗中这样写道：“如果能侧身走过/我愿意一脚踏进秦岭深处/在宁陕，多驻留几日/靠近山林，择水而居/看你们各怀心事抖落山涧/树一棵一棵，花一丛一丛/紧紧挨着，仿佛尘世上奔走的身影/找到了栖身之地/鸟鸣与水声或远或近/我的耳目被擦得清亮清亮/去向那里/才能获得深情的挽留/云游山巅有仙人指点/徜徉河沟有樵夫问道/独自绽放的诗意/藏在秦岭深闺，不一定为你所知……”

如果说过去的努力让宁陕披上了崭新的绿衣，那么“十二五”期间这个山区小县创造出来的一个个奇迹，不能不使当地每一位受益者发出长久的感叹，对那些决策者和贡献者投去敬意的目光。

有人说：宁陕的变化，有日月为凭，有大山为证，一切尽在山水草木间。

（本文发表于2012年《安康日报》和《汉江文艺》第四十四期）

南山树

家居秦岭南坡，长在山沟野洼，抬头见山，出门入林，自然与树结缘了。

记得小时候常以爬树为荣，谁爬得快爬得高就是童年伙伴们心中的“英雄”。正因为我有爬树快的能耐，所以在缺粮少吃的岁月，与童伴一起偷摘别人家的桃子、杏子和李子时，我总是能摘到最大最艳的桃，直叫童伴们羡慕。更有趣的是，老家秦岭北坡的林子不比南山，树少人多，家里烧柴，只能在自己的自留山上砍，由于面积小，树木少又年年砍，剩下不到几棵了。时逢“以粮为纲”的年代，有许多长在田边大集体的树挡住了庄稼的阳光，导致粮食产量大减，那自然需要砍枝，村里没有人敢上大树，最后选准了我，村长说："树枝砍下来就归你。"我自然乐意了，那年自家山上的树未动半棵，房前屋后的柴却堆满了，乐得姥姥闭不上嘴，见人就讲"魁娃子真能耐"。

20世纪60年代初，我家从秦岭北坡迁到南山，感觉真是两个天地，那满眼的绿直叫你犯迷糊。除了田地之外，山上、河边、荒滩、崖缝处处能钻出树木来。当地老人讲："咱这山里雨水多，树跟娃一样不愁生不愁长。"

记忆中，村子河边最多的树便是柳树，几乎每个庄户人家门前河道里，抬眼时所看到的，就是这种树了，而且都是老树，也不知它们长了有多少年头了。这些老柳树不似我们如今在公园里、在人工湖畔看到的那随风摇摆、婀娜多姿的垂柳，而是那种树身很粗，树枝并不大的老柳树。几乎每一个树冠上都有被砍过的痕迹，那些长到有大胳膊粗的枝条，很少有能幸存下来的，绝大多数都会被砍下来做了椽或菜墩，不能当椽或做凳子的，也被劈成了烧火柴。

在那条由东向西流去的清水河湾里，生长着很多柳树，伙伴们可以随心所欲地攀上溜下，而不用担心会有人拎着棍子喊骂追打。每到黄昏炊烟缥缈时，一大帮孩子都会拥到河湾里，有的爬树折柳枝，有的挑选最好的柳枝做柳帽，有的动手做柳哨儿。不多时，便会有清亮的柳哨声此起彼伏，响彻在初春的河湾里，那才解冻不久的河水便携着这春的音符，跳跃着远去。

从那时候起，柳枝在我的眼里便是极美好的事物了。记得初读古诗词看到的纤纤柳枝总是牵着离愁别绪，演绎着阳关三叠，总有一种无以言对的感觉在心头。究其原因，或许是柳枝的纤细柔长跟人们离别相思感情的缠绵有相通之处；或许是因为"柳"与"留"谐音，所谓折柳赠别，表达的是一种依依不舍、竭力挽留之情。古代受交通的制约，亲友相别，总是去难去，聚难聚，难免伤情销魂。折柳送别亲友的习俗似乎起源很早，早在《诗经·小雅·采微》中就有"昔我往矣，杨柳依依；今我来思，雨雪霏霏"的喟叹。意即：旧日我离家时，柳丝飘悠，似有留恋之情，惜别之意。丝丝柳，痴痴留，折柳枝，伤别离。而到了唐代，这种习俗便被演绎到了极致。王维的"渭城朝雨浥轻尘，客舍青青柳色新。劝君更进一杯酒，西出阳关无故人"一诗， 便是古韵阳关三叠的主题词，一吟三叹成了千古绝唱。

树的命运与人的命运相似相连相通，生在哪里就长在哪里。晒一个地方的太阳，吹一个地方的风，淋一个地方的雨，在一个地方一待就是一辈子。长在平原就是平原，长在山间就是山间，无法决定自己该长在哪里或不该长在哪里。树依赖人而成长，人依靠树而生存。有人的地方就有树，有树的地方就有生气，有生气的地方就有许多传承不绝的典故习俗。

南山宁陕，有一种树名曰"漆树"，割下来的生漆经过炮制是油漆家具的上好材料，一度热销县内外。过去每年四五月份，成群结队的漆客子背着铺盖、携着食物，进入深山开始割漆。然而，割漆有一整套的古朴习俗，他们在进山割漆前，先要进行庄重、虔诚的招呼山神（敬山神）仪式。漆客子在进山的道口地面上插三炷香，摆上刀头（即方肉）、生米和两杯酒，就地宰杀一只大红公鸡，以鸡血洒地，祭拜山神，口中还喃喃地说一些吉利的话，祈求山神保护，以免割漆期间受凶猛野兽的侵害或从树上掉下来。

在南山，最受人们欢迎的要数松树了，它不仅是做家具的上好材料，不裂不变形，而且木质细，做出来的家具表面光滑，木纹清晰可辨，具有装饰效果，备受人们的青睐。然而人们更敬佩的是松树那种不屈不挠的精神，为此，每家每户盖房做家具，大都用这种树，因而它的身价也与日俱增。无论过去还是现在，山民多以伐松为主，满山遍岭的松树被砍得所剩无几。好在松子不易腐烂，几年后又生出许多幼苗，渐渐长成大树。

史书《水经·河水注》中这样记载："秦岭穹谷中的幽林以及那些名贵的林木，都受到重视，时至南北朝末叶，盛况依然。重要的树种有檀、松、柏、栎、桐、漆、樟等，秦岭西端和东端的森林仍相媲美。各地森林都较繁茂，从山巅一直到山下连绵不断。"当时山上树种繁多，百木争春，山路两旁由于森林不断，仿佛成了青嶂，由山下望去，"林霭阴，朝曦虽升，仍若昏夜"（《全唐诗·望南山》）。到北宋时，终南山的长林大竹和山下幽谷中的林泉胜景，还经常被提及。

树与人相伴而生且有一段兴衰史。据史书载："早在隋唐王朝建都长安，虽系沿袭前代旧名，但实际上是另建新城。隋唐长安的规模更为宏大，所需木材也更多，木材大多来源终南山（秦岭中部）中，因为山道初开未久，正宜充分利用运输，公元743年，还曾在长安城南开凿一条漕渠，用渠水运木入城，以贮木材。"至清光绪年间，秦岭山区溪雨连年，高山冰害严重，庄禾不收，山民下移，森林有所恢复。但到民国时期，繁重的苛捐杂税迫使农民向林区迁移，毁林种地，特别是低山的森林破坏极为严重，造成严重的水土流失。

中华人民共和国成立后的20多年，山民仍以砍树为生，虽有计划地采伐，但每年几十万立方米的木材被伐掉，有的原木运到西安做建材，有许多被加工成板材运出，价格高出好几倍，那时相当一部分人靠贩木材发了财。县财政也被称之为"木头财政"。过度砍伐造成后来"829""719"等多次洪涝灾害，田冲家毁人亡。人们从此真正悟出人与自然相处，"树随人愿，人愿树亡，树亡人衰"的道理。

20世纪90年代后，国家实施封山育林、退耕还林政策，山民变过去砍树为生为现在的护林栽树为荣。许多坡地荒芜着，光秃秃地像颗不长毛的头颅，人觉得不好看就栽上树。树一栽上人基本就没事，长不长，长多快多大就全是树的事了。有的树栽下之后迅速枯萎，极有可能成为灶间炉膛里的一缕火焰，最终只是煮熟一锅米粥。而只要活着，即使长得矮小丑陋，照样可以冬枯春荣地生长多年，目睹发生的许多有趣的事情。当时，社会上曾流传着这样的顺口溜，“年年栽树不见树，树死树活随人去”。后来，政府发现了问题，加大了宣传引导和扶持力度，在科学规划的基础上，重点扶持有能力、懂技术、会管理的农户，发展以板栗、核桃、花椒、蚕桑为主的经济林。不久，满山遍岭、田间沟壑、房前屋后，果树成林，鸟语花香，生机盎然。据说宁陕全县有30万亩板栗、核桃园，近15万亩已经挂果，每到秋季，家家户户果满筐、粮满仓，一派丰收景象。老家蒿沟村有一户姓张的人家，五年栽植和嫁接改造板栗树多达一百余亩，现已全部挂果，价格好时，年收入达数万元，家里盖了新房，购了彩电、冰箱、摩托车，成为远近闻名的富裕户。

山民清醒地意识到，树是一种财富，是山民长期受益的“摇钱树”，是赖以生存的资源。当农民尝到了栽树的甜头时，不用政府再动员，修枝、追肥、清灌……说干就干起来了。山上栽满了，又把眼光瞅到了好田好地里。城关镇旱坝村村民张某租赁农民140余亩好田好地，搞起了花卉苗圃，栽种各种花灌木、落叶乔木、草本花卉、盆景等，年销售收入60余万元，成为靠树致富的新型农民，在当地被传为佳话。

在砍树种树护树的过程中，人们获得了前所未有的认知，懂得了许多似明非明的道理。一个没有树的县就像没有旗帜的城池，让人望而却步；一个没有树的人家就像没有音乐的场所，让人孤寂难耐。人是有思想的树，树是不折腰的人，树和人一脉相承，也许树是人生命的另一种再现。

树这一辈子说简单也简单，说复杂也复杂，总之树这辈子绝不像我们想象的那么索然无味。长在山头上的树，几年间成了山村里一道亮丽的风景；长在河边的古树，无数次经历着洪水泛滥，在洪水来临时，它伸出一根枝条救活了一位落水女子的命，乡亲们给这棵树起了乳名叫“女儿红”。被救的女子后来嫁为人妇，生了一堆女儿，成年后，死活都不嫁外村人，一辈子守着这长满“女儿红”的山沟。那棵树焕发青春，枝繁叶茂，成为村民乘凉避暑除邪消灾的“保护神”。

人由爱树而豁达，树由人爱而无私。南山有种神仙树，一般生长在茂密的树林间和陡峭的石壁上，最高约一米左右，夏天叶子最旺盛时呈椭圆形，秋季开始凋零。每到绿树浓荫的夏日，善于调剂生活的农家主妇就会忙着采回神仙树叶，做诱人可口的神仙豆腐来丰富餐桌。将漂好的神仙豆腐切成条状或块状，伴入清油和调味品，无论是用碟装还是用碗装，总带着山野清香，使人垂涎欲滴。色泽淡绿而微墨的神仙豆腐，入口细腻，清香四溢，炎夏食之爽口解暑，委实堪称山珍美味，不可多得。

在秦岭南坡，有一道风景便是在每年的秋季年年上演，这就是被山里人称之为“救命粮”的一种灌木树生长出的小小果实。它红得自然，红得温暖，红得让人眼馋，但又不忍心采摘。因为救命粮是山间一种不知名的野刺树生长孕育出来的果实，这种野刺树在悬崖峭壁或山林里恣意生长，果实落地生根，郁郁葱葱，成团、成簇、成片。到了冬日，火红火红的救命粮从容、温和地守护着一片静谧的山林，不张扬，也不卖弄。凛冽的寒风中，仿佛是一团炽热的火焰，次第点燃山冈。大雪覆盖下的果实如朵朵怒放的红梅，又仿佛是一张张冻红的小脸，怯怯地露出最纯最美的笑容，感染着你，打动着你，让你读出一种超然于季节的色彩之外的灵性。

其实，树处处供养着人类，那树干、树叶，以及开出来的花、结出来的果，许多都是人们生存的珍品。树还为我们生存的土地涵养水分，输送氧气，美化环境。说透了，想明白了，人离不开树，树离不开人，人与树总有一丝道不明扯不断的牵绊。一些东西高高在上，让人仰慕，让人难以企及，而树非常难得，把根深扎泥土，与我们的血脉贯通。在这里，我感受到的是树的创造，树的美感，树的品格。

人与树相比是那样渺小，小得有时太微不足道，人可以选择环境，可以背井离乡，而树永远守在那里，半步不挪。好动的人已作古，不动的树仍存在。人可以栽树，栽下的树都比人要长寿。树可以利人，荫及子孙后代，成为山野乡村最美的风景。

（本文发表于2016年《汉江文艺》第四十四期）

古道悠韵

宁陕的发展变化，与子午古栈道有着极为密切的关系。这里山大人稀，山高水长，谷深林密，自古就有“南山老林”的称谓。这里虽与古都西安仅为一山之隔，但在不通公路不通栈道前，这里与世隔离，这里的人曾过着面朝黄土背朝天，一亩土地一头牛，老婆孩子热炕头，人拉肩扛的生活。子午古栈道建成之后，给这里带来了大量的物流、信息流，外地人也纷纷迁入宁陕，这里成了躲避战乱、垦荒种地、经商贩运、发家致富、安居乐业的家园。

据史料记载：子午道是中国古代特别是汉唐两个朝代自京城长安通往汉中、巴蜀及其他南方各地的一条重要通道。子午道也称子午栈道，其实是古代开凿道路的一种方法，显现了古人的聪明才智。那么何谓栈道呢？三国时诸葛亮在给其兄诸葛谨的一封书信中说：“其阁梁一头入山腹，其一头方柱于水中。”《汉书》中颜师古有一个注释，即：“栈即阁也，今谓之阁道，架木为之栈。”《汉南续修府志》说得更详细：“大石塞途者，烧以薪，浇以醋，碎以巨锤，峭壁无可施力者凿孔横巨木，覆以板，钳以钉。涧深不能逾越者，以架长檩覆巨板，羊肠一线，而壁立千仞，虞驿递者逸而踬也，傣石槛木栏作拦马墙，此道之由名也。”用现代的话，简单地说，就是在崇山峻岭中、险绝的峭崖陡壁上，用烧石淬醋的办法开凿的地方，凿孔架板而建成的一种道路。

子午道修建于何时，为什么叫子午道，它的起止路线以及它在历史上发挥的作用，学术界众说纷纭，颇有分歧。这些虽有不少文章提及或有所讨论，但浩瀚的史书、史料里还是有一些蛛丝马迹可供研究和证实的。文友王晓群多年来一直研究子午道，并多次到宁陕及相关地方实地勘察踏看，做了比较系统的注释，并编印出版了《中国子午道》一书。其实，史料如摩崖石刻《石门颂》就有“高祖受命，兴于汉中。道由子午，出散入秦”的记载。也就是说，汉高祖刘邦被封为汉王，进入汉中成就霸业，便是由子午道进入汉中的。所谓的子午道是当时国家修建的跨越秦岭、连接南北的重要交通要道，是当时的官道。

子午道名字的由来，《辞源》中解释为：“古代以北方为子，南方为午，因道通南北，故名。”《资治通鉴》的原文：“莽以皇后有子孙瑞，通子午道”，这说明，通子午道与皇后有子孙瑞有重大关系。张晏的注释诗：“时年十四，姓有妇人之道也。子水，午火也，水以灭一为牡，火以地二为牝，故火为水妃，今通子午以协之。”张晏的这一注解，确切地说明了王莽开辟子午道的原因，也说明了子午道名称的由来。

子午道的行径路线有旧道新道之说。秦汉魏晋时期，子午道的大致路线为：自长安南下，经今西安南郊杜城村入今长安子午镇附近子午谷，溯谷而上至关石（今名石羊关），过关石后南行，越秦岭主脊到宁陕广货街，循汉江支流洵河而下，经高关场、江口镇、沙坪街、大西沟，翻越月河梁至月河坪，南渡月河，顺腰竹沟与古桑墩行，越腰竹岭进入池河南下，经胭脂坝、新矿、龙王镇进入石泉县境，再向西北到西乡子午镇。晋以后，秦岭以北和南子午镇以西线路仍依旧道，中间一段有变化，大致是从宁陕江口镇起，路线折向西南，翻越鸡公梁至七里沟口，过旬阳坝，越平河梁，入长安河谷，经火地塘、老城、关口（宁陕县城），进入石泉县至西乡县南子午镇，过子午河进入洋县，绕汉江黄金峡经金山、龙亭等地入汉中平原，全长520多千米。

专家认为，子午道在宁陕县的发展中具有重要地位，因为其大部分路段都在宁陕境内（过去，子午峪、半山谷都是宁陕县的辖区）。及至清代，仍在通行的栈道路段，仍由宁陕厅负责维修。据《长安县地名志》记载，石羊关崖下有古栈道遗址石孔10个，崖壁有清光绪二年（公元1876年）宁陕厅摩崖石刻“苍生霖雨”。石窟有嘉庆二十年（公元1815年）《重修栈道叙事》碑及宁陕同知李彦重棺及尸体，他亲自督修栈道21处，耗时13年，死后遗体放在栈道上方石窟内，附近村民称“李大人墓”。同时子午道在中国交通史上也占有重要地位，秦时为兵家必争之地。子午道沟通了秦岭南北，连接了三秦巴蜀，对当时的政治、军事、经济和社会均产生了重要的影响和促进作用。这里曾经演绎了一部部壮怀激烈、荡气回肠的历史剧。

三国时，蜀军首次北伐出兵，魏延献计，称镇守长安的魏安西将军夏侯楙“怯而无谋”，故欲请“精兵五千，充粮五千，直从褒中出，循秦岭而东，当子午谷而北，不过十日可达长安……如此，则一举咸阳以西可以定矣。”然而一向谨小慎微的诸葛亮认为此计过于悬危未予采纳。如果诸葛亮采纳此计并果真获胜，那就没有以后的六出岐祁山，三国也就会是另一番局面了。

后来，魏国派都督曹真从子午道伐蜀，不巧的是“会霖雨三十天”，“曹真发已月逾而行才半谷”，“不得不无功而返”。一个多月时间，子午谷才行进了一半，这正说明子午道的险峻。正如《石门颂》所描述的：“上则悬峻，屈曲流颠；下则入冥，倾泻临渊。平阿淖泥，常荫鲜晏。木石相拒，利磨确磐。临危槐砀，履尾心寒。空舆轻骑，滞碍弗前。恶虫弊兽，蛇蛭毒蟃。未秋截霜，稼禾夭残。终年不登，匮馁之患。卑者楚恶，尊看弗安。愁苦之难，焉可具言？”

至唐朝，子午道又兴盛起来。据李肇《唐国史补》记载：“贵妃生于蜀，好食荔枝，南海所生，尤胜蜀者，故每岁飞以进。然方暑而熟，经宿则败，后人皆不知也。”杨贵妃好食荔枝，人们从不同的文艺作品中均已知晓，这也的确是事实。《新唐书·杨贵妃传》也载：“好嗜荔枝，必欲生致之，乃置骑传送，走数千里，味未变，已至京师。”荔枝在暑熟时成熟，但不能长时间放置，为了给杨贵妃运送荔枝，唐开元年间又修复了子午道，并与自汉中勉县西，越七盘岭，经朝天驿剑门关，连接汉中和巴蜀的金牛道相连。为了保持荔枝的鲜美，用皇命强使驿卒从产地四川涪陵日夜兼程驰递长安，传说：“七日七夜至京，人马毙者甚众。”于是便有了唐杜牧的《过华清宫》诗：“长安回望绣城堆，山顶千门次第开。一骑红尘妃子笑，无人知是荔枝来。”为此，子午道又被称为“荔枝道”。

子午道在历史发展过程中，虽然经历了大的改线和几处小的调整，但旧路并未因改线而废弃，仍继续发挥着与新线不同的作用。新线去汉中比旧线便捷。唐代天宝年间（公元742-756年）开辟的“荔枝道”利用的是子午道新线路，经宁陕、西乡、镇巴至四川涪州，成为继金牛道之后，由秦入蜀的另一捷径。

汉高祖刘邦去汉中，派张良烧子午栈道之后，到平帝元始五年时，王莽下令修凿子午道，并设置子午关（公元1371年）。此后，子午道经常被以关中为根据地的朝廷作为进攻汉中、安康以及四川、湖北等地的通道。

南北朝时期，西魏文帝的宰相宇文泰为了争夺安康（时称金州），曾派大将军王雄由子午道南去攻占魏兵，置东梁州，其后黄众宝等据马池聚众反叛，围东梁州，宇文泰又派大将陆腾率军由子午道星夜南下，前去镇巴。西魏恭帝初年，直州乐炽，洋州田越，金州黄国等人联合反抗，西魏派贺若敦等发兵直谷（今池河谷、子午道旧线），乐炽等烧子午栈道，据守直谷，使贺若敦的部队不能前进。明朝末年，陕西总督孙传庭曾令贺人龙等领兵，从子午道南下，攻打活动在秦岭山区的李自成、张献忠领导的农民起义军。清初，康熙皇帝为了平定占据四川、汉中等地的吴三桂叛军，也曾派大将图海等由子午道进攻汉中。

子午道的军事作用还表现在关隘的设防上。秦岭以北的子午关和秦岭以南的五郎关是子午道上两处重要的关隘。隋唐亦在此设立关卡，并派重兵把守，盘查过往行人，禁止人们非法携带武器出入，以保帝都西安安全，为此，就有了改五郎厅为“宁陕厅”，意为确保陕西安宁之意。子午道开辟新线后，旧道仍发挥着重要的作用。历史上著名的饶峰山战役，就是一个例证。南宋和金对峙时期，金军为了夺取汉中、四川，屯兵长安，扬言要由子午道直取汉中。南宋金州守将王彦信以为真，急调精兵到池河谷，扼守子午道。不料，金军却绕道商州、上津、安康、汉阴、石泉一线向汉中进攻。南宋急调吴玠所部与金军相遇于饶峰岭，苦战6天6夜，金军绕道偷袭，终于取得洋州、汉中。这是历史上能够准确把握子午道特点、诱敌上当的一个典型战例。

子午道在政治、经济发展中也占有相当地位，东汉及唐时期，均曾一度成为国家驿道。东汉安帝初年，由于居住在甘肃南部、青海东部的羌族部落不满朝廷的徭役，结聚起义，屡败汉军，战争持续十余年之久，战火烧及陕西、山西、四川北部，汉中多次失守，故道和褒斜道两条道均断，子午道遂辟长安、汉中、四川的驿路。东汉末年，曹操与马超、韩遂在关中争战期间，关中人从子午道逃往汉中避难的达数万家。

唐代对子午道不断修治，行人日益增多。唐代诗人杨凝在《送客入蜀》中云：“剑阁迢迢梦想间，行人归路绕梁山，明朝骑马摇鞭去，秋雨槐花子午关。”说明他送的客人是由子午道入蜀。唐代名僧玄奘也是由子午道入汉中去四川的。随着对子午道的频繁使用和对秦岭山区的开发，清代子午道上出现了五郎关（今县城）、东江口、旬阳坝、两河口等重要集镇。

子午道沿途至今仍有大量有关遗迹和历史文物。宁陕境内发现栈道遗迹数十处。其中以月河坪至太山庙之间遗存的栈道、栈孔、古石阶路及碑刻遗迹较为完整。要地古桑墩、武令宫、田母桥、池河镇、饶峰岭等处亦有实物遗存。

古桑墩位于月河与池河的分水岭腰竹岭上，是东去镇安的分岔口，古代子午道的“姜子关”“鶵岭关”均设在附近。《太平寰宇记》记载：“直水源出（永）兴军乾祜县鶵岭姜子关，经县理古，又南注于汉。北流当终南山子午谷路是也。”据《水经注·沔水》记载，子午道上曾建有“蓰阁”“汉水又东合直水，水北出子午谷崖岭下，又南枝分东注洵水。又南迳蓰阁下，山上有戍，置于崇阜之上，下临深渊，张子房烧绝栈阁，示无还也。又东南历直谷，径直城（今石泉县池河镇东侧古直城县）西，而南流注汉。”直水即今池河，“蓰阁”在腰竹岭上的古桑墩附近。武后宫位于新矿（太山庙）与龙王乡交界处，宫址规模颇大，据清同治十三年（公元1874年）修龙王庙时所立的石碑记，“龙王显赫非一日，士庶之皈依已百年”，说明这里原来是四方行人憩息聚居之地。

田母桥在铁炉南约2千米处，相传为一田姓寡妇捐修，是用一长约5.4米，宽1.49米的石条铺设，桥头有清道光二十九年（公元1849年）三月九日立的石碑一块，上刻“田母桥”三字。月太路池河对岸有数十米石阶路遗迹，路侧崖壁上刻有“西安府长安贾村里住人马虎”“白水石匠郭石江”等字。虽然石刻附近未见刻石年月，但肯定是明清时修路人题记。月太路38千米处池河北岸，有一排约50米长的栈道壁孔，距今水位约2米高。河中大石上有许多柱孔，其形或方或圆，大小不一，排列形式及间距不等，似为多次修治栈道所凿。

解放战争时期，子午古道也曾为中国革命做出了很大贡献，当时走的古道是我党的一个重要的地下交通线，是从南京、重庆等敌占区给革命圣地延安运送枪支弹药、药品，传递情报，护送我党高级领导的重要之路。曾有一本小说《红色交通线》写的就是子午古道这条地下交通线。李先念、徐向前也曾带部队出入子午谷。西安解放后胡宗南残部逃至子午谷，将子午谷道作为逃跑的后路，人民解放军经过三天三夜的浴血战斗，一举歼灭了这些国民党残部。

子午古道不但是兵家必争之地，早在汉唐盛时也是经济大动脉，肩负着南粮北运、北煤南调的重任。南北商贾成群结队，商家车马浩浩荡荡。古道线上的村庄户户插店旗，家家做生意，一到晚上，灯火通明，热闹非凡。

中华人民共和国成立后，国家确定沿古道修建210国道，为地方的开放开发带来突飞猛进的发展，也改变了当地人们的生产生活条件，改写了人拉肩扛的历史。如今西汉高速横贯宁陕全境，拉近了宁陕与大中城市的距离，更让宁陕成了商家看好的一方热土。这方曾经被人们遗忘的土地，今日成了游客休闲度假、生态观光的首选。

看着宽阔美丽的高速大道，一辆辆大小车辆飞速奔驰，我们对新时代的变化发自肺腑地赞美。国道的建成了却了宁陕人的心愿，也是宁陕发展史上的里程碑。它不仅是宁陕经济腾飞的一条大动脉，更是当地人民奔向富裕生活的康庄大道。

发现蓰阁

2013年9月1日，安康文史专家、安康历史博物馆馆员李厚之先生带领王晓群、李增保、屈晓明等一行6人，在镇村干部的积极配合下，前往太山庙镇胭脂坝村腰竹岭（也称古桑墩）探寻子午古栈道上的重要驿站—“蓰阁”遗址，以期发现重要的实物遗存，并进行实地考察记录。

李厚之先生曾在宁陕工作多年，对当地地理环境比较熟悉，尤其对子午道有多年的研究。最近，王晓群先生撰写的《中国子午道》一书对他触动很大。为真实记录这段历史，李先生虽然年过七十，但不顾年长体弱，怀着对学术研究认真负责的态度，实地勘察踏看。

据史书记载：子午道出现在秦汉以前，秦二世三年（前207年）汉高祖刘邦于“鸿门宴”后，被迫由霸上去南郑就汉王位时，走的即是子午道。《史记·高祖本纪》记：“从杜南入蚀中。”《史记集解》云：“蚀，入汉中谷道名。”杜，为秦之杜县，今西安市南的杜城，即由杜县之南进入秦岭前往汉中。东汉的摩崖石刻《石门颂》记：“高祖受命，兴于汉中，道由子午。”即刘邦去汉中时走的是子午道。《水经注·沔水》亦把张良护送刘邦去汉中途中烧绝的栈道指为池水上源子午道上的“蓰阁”。

宁陕江口镇至西乡县南子午镇间的子午古道上，发现栈道遗址10余处，其中以月河坪至太山庙间存留的栈道、栈孔、古石阶路及碑刻遗迹较为完整。要地古桑墩、梧桐寺、池河镇、饶峰岭等处亦多有实物遗存。

古桑墩位于月河与池河之间的分水岭腰竹岭上，是东去镇安道路的分岔口，古代子午道的“姜子关”“翦岭关”均设在附近。《太平寰宇记》记载：“直水源出（永）兴军乾桔县翦岭姜子关，经县理西，又南注于汉。北流当终南山子午谷路是也。”据《水经注·沔水》记载，子午道上曾筑有“蓰阁”，“汉水又合直水，水北出子午谷崖岭下，又南迳蓰阁下，山上有戌，置于崇阜之上，下临深渊，张子房烧绝栈阁，示无还地。又东南历直谷，经直城西，而南流注汉。”“䕩阁”在腰竹岭上的古桑墩附近。武圣宫位于新矿（太山庙）与龙王镇交界处，宫址规模颇大，据清同治十三年（公元1874年）修龙王庙时所立的石碑记：“龙王显赫非一日，士庶之皈依已百年。”说明这里原来是四方行人憩息聚居之地。田母桥在铁炉南约2千米，相传为一田姓寡妇捐修，是用一长约5.4米，宽1.49米的石条铺设。桥头有清道光二十九年（公元1849年）三月九日立的石碑一块，上刻“田母桥”三字。梧桐寺在迎丰（凤）乡北，古时寺庙宏大，今尚发现有被改造为石臼的古代六角经幢一节，经文字迹已被剥蚀不清。迎丰镇尚有“迎来川陕瑞，凤鸣天下安”的对联。池河镇古称直城，设过直州，皆因水为名。

子午道在其历史发展过程中，虽然经过了几次大的改线和几处小的调整，但其旧路并未因改线而废弃，仍继续发挥着与新线不同的作用。新线去汉中比旧线便捷，但旧线走汉阴、安康则比新线便捷。唐代天宝年间（公元742–756年）开辟的“荔枝道”，南子午镇以北利用的是子午道新线路，南子午镇以南则离开子午道，经西乡、镇巴至四川涪州，成为继金牛道之后由秦入蜀的另一捷径。

（本文发表于2015年《秦岭笔会》）

盐店古街

盐店街是江口镇的一部分，也是子午栈道上的重要驿站。

江河与洵河交汇处，山脚下，一条街道静静地舒展在江河的旁边。街道很短，只有两百余米长；街道很窄，只有两到三米宽，但明朝时已形成，到现在也存在了几百年。

之所以被称为“盐店街”，传说是因过去家家户户经营盐店而得名。盐，是人们的生活必需品。历史上的“川盐”，系今重庆巫溪县大宁盐厂的井盐，而子午道便是其借道至长安的必由之路，江口是川盐北运进入长安的重要驿站。

盐商们长途跋涉，途中必在江口留宿歇息。江河边的这块位置，成为他们歇脚的首选。明清时期，盐商们在此建房开店做买卖或做中转的日益增多，慢慢地这里形成一个繁华之地，成了盐商的聚散地。子午道的这一段，也逐渐演变成了街道。

街道依山而建。它的建筑带有明显的南国风韵，临街的商铺清一色的铺板门面，显示着盐商们的经济实力。

随着商品经济的发展，盐作为人们的生活必需品，已经不再紧俏。210国道的建成，使盐店街不再喧嚣。如今的盐店街尚留有许多古风，那高高的风火墙依旧肃穆庄严，墙头上的彩绘依旧生动清晰，青砖灰瓦，错落有致。虽经历了无数的风风雨雨，却风韵犹存，显现着当年的热闹繁华。

随着商品贸易的发展和当地居民的增加，清同治六年（公元1867年），人们在盐店街北头建起了一座大型石桥，连接江河对岸的营盘街，使得交通更加方便快捷。

这座古石桥，古籍上称“子午石桥”，桥长39米、高8米、宽3米，为三孔两墩石条平面桥。中孔长13米，边孔长各为8米；桥墩上部宽5米，长7米，上游方向为尖角以利水，下游方向为平面；桥通体由巨型石条砌成，中孔几个石条长7.5米，宽62厘米，厚55厘米。整座桥梁浑厚结实，造型美观，巧夺天工，虽历经数百年仍坚固如初。桥面栏杆左右各有

16根立柱，与桥面条石卯榫结合。石柱镂空雕刻着飞天、狮子等造型，式样古朴；每根柱子顶部都有石雕的飞禽走兽等物品。在生产力低下的古代修建这样的桥梁，显示了劳动人民的力量与智慧。

这座桥，当地人也称“狮子桥”，因桥头两个威武的石狮子而得名。桥墩上刻有一副对联“偶尔溪桥留宦迹，且将江水证臣心”，是组织修桥官员的心境表白。

古石桥是整条古子午道保存较为完整的建筑，也是当年车水马龙的见证。岁月流逝，精美的石刻大部分已经损坏，桥栏和石柱大部分经过重新修葺，但桥的主体一直保存完好，直到现在，还是两岸居民来往的首选之路。

1958年，210国道开通，新的公路桥连接起江河的南北两岸，盐店街和古石桥失去了交通要道的地位。街道上的居民早已脱离了以盐的经营作为经济来源的生活，习惯了安详、恬静的生活。

几十年来，江口的许多文化古迹在历史的变迁中悄然消逝，子午道上的这两个标志性建筑却完好地保存下来，堪称一个奇迹。

五郎关记忆

说城不小，但张家李家，闹出风流事，不到一刻钟，满街便有了话题，被传得沸沸扬扬。就是往来的客人也无法逃避人们关注的目光，时刻处在曝光状态，被追逐、被猜测、被欣赏。

说镇不大，但一眼看不到头望不到边，说不清道不明游客往来的次数和千万束被吸引的目光，还有古镇那许多久远传奇的故事，至今在那里收藏。

这里是地处秦岭南麓腹地的宁陕县城，百姓称之为关口，文人却称五郎关口。无论何种称谓，它不过是地名而已，要有说道，五郎关口很有来头，也有故事。

我是20世纪80年代初走进这座山城的，一晃30多年与之相伴，所见所闻，却让人记忆犹新，尤其是每当回想起这里的往昔，就像一个行路者走过了很远的里程，突然回首再看这座城的模样时，有种似曾相识的一位纯朴稚嫩的“山姑”瞬间变成了时尚现代的“洋妞”般的感觉。

平心而言，古朴与现代相比，我更留恋古朴。因为古朴有着地道的本色，有着山野的气息，有着原始的影子，更有着先辈遗留下来的远古故事和让人感动的文化细节。就拿五郎关这地名的由来说起，先辈们很早就有考究，关口即长安河上下两道关口与西沟谷和渔洞河谷的总称。曾经赫赫有名的子午古栈道非常险要，其中五道关隘最为险要。这五道关从北往南依次为石羊关、夹岭关、高关、腰岭关和五谷关。传说杨五郎带兵路过此地，见此关隘极为重要，留守了多日，由此五谷关被改称为五郎关。清后期，当时白莲教起义遍及蜀、楚、陕三省，为保陕西安宁，朝廷在这里设置巡检司，派官员驻守。后来，官兵守卫的五座山头犹如五壮士的身影，至今隐约可见。

五郎关口虽在秦岭深处，却与大都市古城西安只有一山之隔。在高速公路未通之前，210国道成了北去西安南通巴蜀的交通要道，不论官员还是平民或者客商往来都要在这里停留，多数要住居一宿，给这座城镇带来了生气和繁荣。20世纪七八十年代，关口汽车站、第一旅社、第一食堂、百货公司、贸易货栈、土产公司、副食公司是人们经常光顾的地方。购买公共汽车票经常排着长队，住店只能睡通铺，就是买几个馒头还得对营业员赔着笑脸。那时关口上街是最热闹最繁华的地段。有名的“徐氏面馆”特色小吃扯面，由于做工精到，味道可口，远近闻名，许多客人闻讯前来品尝，更增添了山城的人气。来到关口的人们摩肩接踵，在狭窄的街道上行走着，街边摆放着各类水果、粮食、布匹和纸张。“程氏布庄”“廖氏药店”等百年老店在当地有着相当的影响。低矮的青瓦木板房给老街增添了许多古朴幽香。屋檐上的石莲花开过了一遍又一遍，屋檐下的杂货铺、裁缝店、理发店、小吃店……把街道的门面占得满满实实。“三六九，关口走”。那时赶场（集）成了百姓挂在嘴边上的事，住在县内或者邻县的群众无论晴雨，风雪几十里甚至百余里都往关口赶，地道的山货特产都往这里集中。往来的客商川流不息，采购者常常是背着背篓，腰挂布包，手提竹篮，肩挑担地奔走在大街小巷里，吆喝声、叫卖声此起彼伏，好一幅古镇繁华市井图。

那个年代，走在大街上，谁是公家人，谁是乡下人，凭衣着装束就能一眼辨认出来。你看，买皮鞋的八成是拿工资的公家人，买了皮鞋，还得给皮鞋钉铁掌，为的是经久耐磨，因此，走路噌噌作响，颇具绅士风度。关口老街道泥土镶嵌的鹅卵石被磨得铮铮发亮，许多店家的石梯台阶也被踩得凹凸不平。雨季里，男女老少手撑油纸伞，脚穿长筒靴穿梭在人群之间，那感觉别有一番滋味。

站在高高的山坡上，俯瞰县城全景，房依山而建，堤傍水而修，大街小巷纵横交织，错落有致。与我一同欣赏街景的文友指着从东流来的长安河说，这河从两山间穿过，冲出一长形的河道，以前人们沿河边盖房形成两条街，因东西长，南北窄，两面的山形成一豁口，这山城就像是一条小舟顺河向西而去，时间长了，人们便称关口为“舟城”。老领导徐山林在宁陕视察调研工作时，曾对山城精致的建筑，古朴的风貌，秀丽的山水很有感慨，挥毫泼墨写下了“终南碧海一舟城，三面流水四面林，深山古镇新姿好，迎来送往多少人”的诗句。“秦岭笔会”期间，应宁陕之邀，《人民日报》原副总编辑梁衡，《作家》杂志主编宗仁发，《美文》杂志副主编穆涛、安黎以及全国著名作家北野、张洪波、李琦、王潇然、商子秦、朱文杰等在宁陕采风时，都异口同声地说道：“人在宁陕，犹如身在画境。”其中一位作家在文章里这样写道：“在宁陕大街上看那些行人，有仙风道骨似的，这是九分的山赐予的气度，那半分的水也具有旁处没有的风韵。县城沿长安河两面展开，长安河潺潺的流水声伴着山城人昼夜清音泛泛，当真使人如涤心肺，如醉肝脾。”

的确，县城建在此地，有着四面环山、三水环绕的特殊灵气。山奇峻险造就了居民的风骨，山水灵秀孕育出男女的姿色。你看在街上行走的一群姑娘皮肤白皙，长身玉立，不似纯粹北方女子那样粗壮，也不像南方姑娘那样纤巧，而是呈现一种恰到好处的苗条。受古都西安文化的影响，生在穷乡僻壤的山城女子也追求大城市的美。她们走在大街上，一律昂着头，挺着胸，矜持的嘴唇紧闭着，决不随意露出一丝笑容；追求时尚，穿戴时髦，比起城市女子毫不逊色，去年流行黄色，于是如同秋风吹落叶一般满街黄，前一阵流行黑色，满城的黑色如同打翻了墨汁，随处可见。其实关口女子待人热情厚道，虽说比南方女子少了许多外表上的客套，但对你的亲热有着实实在在的诚意。别看她们忸忸怩怩，推推搡搡，不大自然，实际都是热诚的邀请。不信你看那一双双深潭般美丽的眼睛藏着无限的情谊，一张张秀气的鹅蛋脸，两颊似抹胭脂一样红润，这都是天然的，另一些着意修饰自己的姑娘也无可非议，更以浑身妩媚的光彩构成了山城一道靓丽的风景。

如果说，山城女子是美的化身，是一个时代变化的缩影，那么，这日新月异的五郎关口城镇就是新世纪的杰作。吊脚楼被人们远远丢在脑后，低矮的木板房被拔地而起的小洋楼所替代，土石街道变成了洁净的水泥青石大街，长安河两岸汉白玉栏杆整齐地列着方阵，迎接着八方来宾。玉兰树、桂花树、纤纤杨柳树那片片绿叶迎风摇曳，向来宾们点头微笑。就连年逾古稀的相思红豆树也“焕发青春”，绽开银白色的花朵，张扬那诱人的魅力。街心花园、政府广场、滨河公园的建成不仅为人们提供了休闲娱乐的场地，还给关口这座古镇增添了现代文明的气息。漫步在横跨长安河新修的几座桥上，举目望去，你会感觉这城长高了，长帅了。你看长安河两岸的时装店、皮鞋店、百货超市等被装修得洁净明亮，那琳琅满目的名牌商品走进了寻常百姓家。

然而夜晚，霓虹灯闪烁的山城，幽静的小巷里溢出的馨香仍然保存着古老的气息。香浓沁肺的腊肉，鲜嫩可口的豆腐，传统小吃洋芋糍粑、神仙豆腐和清浆子、浆粑馍是当地人和外来旅客的最爱，依然保持着古老的作坊那传统的做法，而且越做越地道，永远传承下来，成为山城不会改变的习俗，也成为人们在关口古镇品味过去，怀旧思源的一隅。

如今，西汉高速公路的贯通，拉近了宁陕与大中城市的距离，而关口这座新型城镇崛起了，成为了远近有名的旅游山城。宁陕这个雅号也随之声名鹊起，五郎关口成了历史的代名词，也是人们追忆往事的源头。登上仿古建筑五郎关城楼，走在栈道的走廊上，你会隐隐约约地听到子午古栈道上为杨贵妃送荔枝的马蹄声，也会想起五壮士守卫关口的那段传奇动人的历史故事。

（本文发表于《陕西作家》和《安康日报》）

宁陕花屋

地处秦岭南麓的宁陕县，在城镇、在农村至今随处可见遗存下来的老房子，当地人称之为花屋。虽然花屋古旧，破坏严重，也为数不多，但它们充分见证了宁陕历史上曾经有过的繁荣和辉煌。

老宅花屋不仅见证了宁陕的历史，也传承着当地的传统建筑文化，具有历史、文化和考古价值，还充分说明了宁陕在古代就是兵家必争之地，也是动乱年代人们躲避战争的清静之地。秦岭既哺育了华夏文明，又阻隔了秦蜀交往。为了便于交流和往来，政府花重金修建了历史上有名的子午古栈道，于是沿子午道的宁陕境内便有了繁荣的景象。明清时期，湖广、湖南、江南、四川等地移民纷至沓来，宁陕境内人口猛增，历史上人口最多时达13万之众。他们来到此地或垦荒种药，或通商贩运，极其热闹。东江口有名的盐店古街就是古人贩运食盐往来的重要驿站，这里的老院子一排排、一座座，连成一条古街，足有500米长。院子依河而建，砖砖瓦瓦都是上乘的，有着古城建筑规整的精美风格，整齐的花雕或风火檐有序地站成一列列，高过灰瓦房顶，古色古香，错落有致。两排老房子平行排开，青石板铺就的街道，层层叠叠，光滑锃亮。如今，砖砖瓦瓦上都已长满青苔，却不难想象当年这里的繁华景象。

在宁陕，如果有人提起老宅花屋，许多人都会想起铁炉坝那古朴的街道和宏伟的江南民居建筑群。这里粉墙黛瓦，高低错落。据说这建筑群是明末清初汉阴一个财主建的，用了七八年时间，耗费了数万两银子。庄园建成后，共有一百多间房屋，坐北朝南，依山而建，北高南低，层次分明。庄园由两个并排天井组成，上下房以及厢房都是两层，但上房和厢房要比下房高出三米多，远看如同三层。上房和厢房相通，当地村民叫走马转角楼，是小姐住的地方，也是绣楼。院子是典型的四合院，院内天井狭长，石条铺地，中置石雕大水缸一口。院落幽静文雅，木雕木窗木门木柱，雕梁画栋，十分精致，这种土木结构，是典型的江南建筑风格。

还有江口镇沙坪村的左氏花屋，新场镇政府所在地的郑家大院，金川镇黄金沟口的姜氏老屋以及四亩地古镇至今残留着的古代建筑群落遗迹，都是过去宁陕富贵人家居住的场所。

尤其是子午古道上的太山庙镇政府所在地，曾经是客商云集的要冲，境内寺庙林立，赫赫有名的莲花寺曾是皇家寺院，香火连延几百里，有摩崖石刻为证。这里有著名的“蓰阁”遗址、古戏楼和道光九年孝子刘世甫为其母田氏立建的贞节牌坊。以上这些都证明了这里悠久的历史。

西汉高速旁的皇冠镇油坊坪和南京坪村，有几处百年老宅特别引人注目，保存较为完整的卢氏庄园和丁氏大院曾在当地名赫一时。卢氏庄园规模最大，据传原建筑耗时9个年头建成，整个庄园布局得体。有花园或园门9道，天井8个，大小房门48处，房屋为石条基座，青砖上顶，厢房南北对称，前庭突出，后院宽敞；前门两侧配置一对石鼓，门楣高悬“范阳世胄”四个回文大字匾额，金光闪耀；立柱桐油彩绘，龙腾虎跃，128个柱基石刻工艺精湛，构图新颖别致，虽历经沧桑，但花纹图案至今仍清晰可见。如此雕梁画栋、金碧辉煌的建筑，非同凡响，被后人代代传颂，赞叹有加。

老街回想

人需要转身。

当你回头时，老街的温度虽然退去，却留下了浓郁的乡音乡情；老街的热情虽然收敛，却留下了老城厚重的独特个性。这是躲藏在秦岭深山的老街，在子午道上生，在丛林里长，百年历史铸就宁东局那个时代的辉煌。

如今走进这条老街，看到的是那些有着岁月背影的老房和蹲在老房前抽着旱烟的老人，在阳光下瞅着老街发呆。看到老门时，我总想回到以往的日子，回到过去的那个年代。或者总是试图把那些发酵的时光封住，抑或是把那些有传奇色彩的故事以及许多不可言传的秘密收藏在高高矮矮的老门背面，巧妙地撑起大大小小的门面。

突然间，你会在老人那长长的烟袋燃起的烟雾中感受岁月的悠长，在老大娘蹒跚的脚步和布满皱纹的脸上体会人生的沧桑。一条老街是一群人也是一代人相聚又散去的地方，留下的是过来人对过去的回想。在我的记忆里，那时繁华的老街就像大山里的“小上海”，拥挤的电影院就是想象中的“百乐门”。屋檐下，沉甸甸的金黄色的玉米堆满了父母的艰辛，然而当一家人相聚在火坑旁唠家常讲故事时，那些烦恼和劳累便抛得一干二净。下雨了，在老街的雨巷里我想遇到一位带着忧伤的姑娘，撑着油纸伞，踩着风，迎着我，静静而来，微笑而去，总想在那深巷里留一段难忘的记忆。这一天没有来，但我却在那里读懂了徐志摩那首流传至今的抒情诗。是啊！人这一生能得到的总能在这条老街上相遇，不能得到的总是在深巷里擦肩而过。正如人们常说的那句话：有缘千里来相会，无缘对面不相识！

大街上，那长长的石板路被时光打磨得十分光滑，在那发光的背面我仿佛听到了先辈们奔波的脚步声，那是一种生存的本能，那是人们奋斗不息的经历。那陈旧的老门旁探出头的身影，仿佛在聆听四处走来的叫卖声。缝纫铺、杂货店、草药房、小书屋、小吃城构成了一幅美丽的风景闹市图。没有假冒伪劣商品，没有转基因食物，一把菜刀用上三年五载，一口大锅管你全家十年二十年不用更换。那时穷人没饭吃，互帮互助的人很多，富人以穿补丁裤为乐，以爱国爱乡为荣。出门时挂包拎篮，走闹市出五门成为时尚，如今这些习俗已渐渐被岁月遗弃，不知到哪里去寻。如今走在大街上，清一色的时装店、电器城、超市、饰品铺等应有尽有，看起来热热闹闹，繁华似锦，但这种街市却代替不了记忆中儿时的小人书摊、针线杂货店和飞花四溅的铁匠铺。那是一个时代的印记，对我们这些过来人说将成为永恒的记忆。

走进老街已经残破不堪的四合院，雨在下，房在漏，但那嘀嗒的声音遮不住老人的悲伤，不是吗？具有中国传统建筑特色的四合院、三合院，本来在一个小县就不多，而今又让它一处处消失，能不忧伤？在那老泪纵横的脸上，一种渴望的目光是那么强烈，那么无奈。发展旅游不保护地方遗存，不传承地方文化，游人能停下脚步吗？走文化与旅游融合发展之路已经成为宁陕决策层和全县干部群众的共识。保护地方文化遗存，打造子午道文化品牌也得到专家学者的赞许。目前，宁陕县正围绕子午道文化品牌的打造，积极筹划举办一次文化发展论坛，编印一套文史书籍，拍摄一部古道专题片，排演一台特色地方戏和创作一批书画作品，同时建设打造一城、建设一街、改造一廊、恢复一路、构建一园、完善一馆“六个一”文化工程，为旅游发展注入灵魂和活力，使即将消失的古镇老街焕发生机。

老街里百姓过着安居乐业的生活，点香菇、种猪苓、开饭馆，其乐融融，穿着更显时尚，吃住依然如故，杀年猪吃疱汤，迎新娘闹洞房，贺新春贴对联，走亲友放鞭炮，转转席吃四方。这正是老街人的生活方式，当地特色的民风习俗在他们身上得以传承。

老街的历史往往与现代社会隔着遥远的时空，像传说一样神秘而又朦胧。有时候，在大山里行走，村落好像藏在山的褶皱间，一不小心就撞见，若遇见一位老者你会不由得停下脚步与其攀谈。有时候，老街就像一位世外高人，我们这些被生活压得喘不过气的人会慕名前去拜访，试图从那里获得心灵的慰藉。在这样的老街里行走，连粗糙的砖缝、残存的石磨碾盘都好像在诉说过去的往事。若再看门楼上的匾额、砖雕和堂屋上的斗拱，就像一位儒者用他古奥而直接的方式告诉你老街的灵魂就是淡定与精致。

西安一位著名作家这样描绘这里的老街古镇：旬旬岁岁自丹青，阳春金秋皆画屏。坝起金簪留佳话，镇如铁关锁青龙。秦风荡荡接楚韵，岭云悠悠远松声。胜似神仙洞府地，境入泼彩山水中。此乃宁陕旬阳坝古镇老街也！

金鸭浮舟—城隍庙

城隍庙是一座佛道合一的庙宇，距离宁陕县城北5千米，位于长安河中的沙洲上。城隍庙的基座由巨石砌成，高出河面一米五左右。整座庙形态为南北两头逐渐缩尖，中段开阔而伸长，南北长172.5米，东西宽33.5米，占地约10亩。由于四面环水，远远望去就像一艘乘风破浪的帆船。

宁陕城隍庙始建于乾隆五十年（公元1786年），至今已有200多年的历史，是陕南唯一一座保存完好、设计独特的庙宇，在陕西乃至全国来说都堪称一绝。潺潺南流的长安河至此分为东西两条水道，使城隍庙四周环水，妙趣横生。每当明月当空，左右两河银波荡漾，相映生辉，故有“月镜双辉”的美名。数百年来，虽经多次洪水袭击，城隍庙仍完好无损，这就引出了“金鸭浮舟”的美好传说。相传城隍庙底有一对金鸭栖身地下，水涨浮起，水落卧下，一直护佑着这块河心孤舟安然无恙，还有名家在此作诗云：“金鸭浮舟马蹄声，翠峰紫烟花弄影！”其实这只是一个美丽的传说，实际是修建庙宇者充分考察了当地的地形特点，长安河水流到这里后，与左边山沟的小河水相撞，河水就分成两条，使得庙宇似孤舟。一般来说，城隍庙都建在城市中心地带，而宁陕县的城隍庙却建在了城外，由此产生了三个版本的传说，其中不乏后人的好奇和猜想。

传说之一：明朝嘉靖年间，这里原有一对金鸭子常戏水面。一个贪心的喇嘛发现后便起了歹心，费尽心机想把两只金鸭子偷走。一日，喇嘛又发现这对金鸭子嬉戏长安河中，便不顾一切地跳入水中去捕捉，当喇嘛手摁之时，这对金鸭“扑棱”展翅飞走了。一只飞进关口的关帝庙，另一只在空中盘旋了一阵仍飞回这小岛上。到了乾隆五十年（公元1786年），百姓就选准这块风水宝地建起城隍庙，以保老城的安宁太平。

传说之二：相传本县江口回族镇有个女子的婆婆病了，长年卧床不起，她很想吃盐，那个女子就步行到县城买盐，过河时被河水冲走了，最后被水冲到了长安河的沙坝上。女子好久没有回去，女子的男人就去县城寻找女子，最终在城外河中心的沙坝上发现了已经死去的老婆。男子见到老婆已经死去，哭得死去活来，最后晕了过去。在男子晕睡的时候，城隍老爷给男子托梦，告诉他女子并没有死，只要喝一点热的姜汤就能活过来。男子就依照城隍老爷托梦所言，在临近的百姓家里熬得姜汤，给老婆喂下去，果然没多久，女子竟然神奇般地醒了。城隍老爷显灵的消息不胫而走，最后，当地人就把城隍庙修建在长安河的沙坝上。

传说之三：相传老县城内有一户人家，男子外出赶考，走后他的媳妇与他的妹妹不和，男子的妹妹经常欺负嫂子。有一次，男子媳妇在给妹妹缝被子时，不小心把妹妹掉落在床上的戒指缝到了被子里，男子的妹妹怀疑是嫂子偷了她的戒指，就打了二斤香油去城里的城隍庙许愿，让城隍老爷惩罚其嫂子。过了不久，男子的老婆去城隍庙许愿保佑男子高中、平安。她在出庙门时被绊倒，摔断了腿。后来，男子中举回乡，得知老婆摔断了腿，又无意中发现了被子里的戒指，就把这件事告诉了当地的县令大人。县令听到这件事情后，非常生气，就把城内的城隍庙迁到了城外。

实践表明，宁陕县城隍庙的选址是地貌学、水利学、建筑学知识综合运用而成的趋利避害的典范，对现代近水及河心建筑的选址具有重要参考作用。“金鸭浮舟”可谓是水中建筑之杰作。

蓬莱仙境—石佛台

石佛台，当地人俗称老母台，距宁陕县城8千米，属县级文物重点保护单位。

宁陕石佛台建于明天启二年（公元1622年），距今已有300多年历史。石佛台主体建在外形似螺的巨石上，四周林木茂密，风景宜人。沿着蜿蜒小路登上此峰，首先映入眼帘的是一石碑上刻的“五步悬迹”四个大字。步入庙内，下层是文昌帝君，沿巨石周围的环形小路转至中层，形象各异的十八罗汉生动地展现在眼前。继续向上攀登，顶层中央是一尊古佛像，两边陈列着二十四诸天佛，所有佛像都是用石料精心雕凿而成，又都坐落在似螺的一块巨石上，这也许就是石佛台得名之故。登上顶层，回头观看，眼前是万丈悬崖，刚刚经过的螺狮转顶的小路，像一条长蛇盘旋在悬崖上。向远眺望，长安河水像一条银蛇穿梭于山间，令人心旷神怡。

自1994年石佛台管委会成立以来，在文物部门和民众的支持下，筹集资金对石佛台进行修缮，修建了廊坊，雕塑了佛像，整修了道路，石梯八百八十八步，直通山顶。降雨过后，山腰云雾升腾，整个庙宇好似老母盘坐莲花之上，四周群山若隐若现，仿佛仙境一般，故有“蓬莱仙境”之称。

下卷 八面来风

XIA JUAN
BA MIAN LAI FENG

大凡人成年之后，都会不停地行走，有时停下脚步，回头想一想，人生的旅程有多远？一生走过了多少路？谁能说得清！唯有在深爱的土地上生存拼搏，爬山蹚河，寒来暑往，日复一日的生活情节能让你记忆犹新，像一幕幕历史剧在你的脑海里上演，时常浮现在眼前，终生难以忘怀。

上坝河全景

秘境化龙谁识山

从秦岭到巴山，从安康最北到汉水之南，相隔八百里，但在我心里镇坪却是最亲近的县。因为宁陕与镇坪两县植被相近，山水相似，人情相同。有人说："宁陕人厚道，那是秦岭这座父亲山给了他们纯朴的遗传，镇坪人热情，那是因为巴山秀水给了他们诚挚的情怀。"的确，走进镇坪，山中出龙，古道流金，林间藏宝，民风淳朴，城乡兴盛，一派祥和气息。这是我乙未年仲夏随安康文联和市作协组织的采风团第三次来到此地的真实感受。

不信你瞧，一沟一峰是龙的躯体，一树一石是龙的鳞甲，一草一木是龙的肤色，山峦叠翠，绿树掩映，清风送爽，别有洞天。在幽谷里，在飞瀑旁，泉水流动的声音仿佛在诉说黄龙统治南江河、竹溪河等一方山水，掌管地方风雨的美丽传奇。当你走到清水广场一块巨龙化石前，那栩栩如生的形态，那被自然风化的躯体会把你带进远古的神话中，你会不由自主地想起民间流传的黄龙与青龙因争夺这方风水宝地相互争斗的故事。

据传黄龙善待民意，体察民情，每逢久旱无雨，只要百姓心诚来到黄龙潭烧香拜求，必是电闪雷鸣，降下甘霖，能保地方风调雨顺，年年五谷丰登。不料黄龙年迈时，一条作恶多端的青龙想占山为王，便与黄龙进行了生死较量，无奈时黄龙托梦给地方官员，请求帮助。当朱营长梦见那位白胡齐胸、衣着华丽的老翁，拄着龙头拐杖声泪俱下苦苦哀求时，从梦中惊醒，而眼前只见一柄五尺来长的黄柄银头利剑，端端正正地摆在床前。次日，一道耀眼炫目的闪电伴随着震耳欲聋的雷鸣从黄龙潭中跃起，隐约看见黄青二龙混战的场面，朱营长紧握银头利剑刺向青龙，但见一股青烟临河西而去。半月后，有人在通往八仙的界梁上发现插有一支黄柄利剑的蟒蛇，无人敢近其身。

随着时间的流逝，黄龙却化为一座山脉守护着镇坪这方水土，护佑着当地百姓。这则美丽动听的传说道出了当地民众期盼安居乐业、追求平安祥和的幸福生活及惩恶扬善的心声。拜读刘树藩先生的

《化龙石赋》，我倍感镇坪这块秘境之地真有着“采日月之精华，汲山河之灵气，荒古沉卧竹溪，悠然归立南江，身诞化龙山，灵气显，名赋化龙石，神韵彰”的独特魅力。

其实，化龙山是大巴山的第二主峰，由于山势险、落差大，形成了四季分明的垂直气候，造就了以幽、峻、奇、秀而闻名的峡谷、草甸、瀑布、冰川。飞渡峡、黄安坝等风景名胜区令人惊叹的自然奇观随处可见，狮首人面峰威风凛凛，惟妙惟肖。隐身天生桥可谓巧夺天工，那是大自然的杰作。有人说：“桥是一座山，山是一座桥。”这并不是神话，而是天然雕琢的真实作品，让人叹为观止。有人看秦岭是雄伟的，而走进大巴山看化龙山脉则是灵秀峻美的。我在镇坪时这样认为：如果说秦岭是兄长，那么化龙山就是小妹，为此两县人民靠的是姊妹山。在镇坪，每一座山都很美，尤其是美女山更让人神往，不然万亩草甸能百花吐芳，成为花的世界？高山峻岭能容纳奇珍异兽、藏着野性之美？这山、这水、这人处处透着灵秀的气息，保持着原生态的风貌。无论在夫妻树下聆听她们的窃窃私语，还是在南江河畔观看莲花洞的多彩多姿，总有赏不完的美景，听不完的故事。最让人难忘的是间歇泉的神奇，让人思绪万千。

对于这里，我们回味珍惜的是先辈们留下的栈道文化。为此，我说两县走的是“黑白道”，一条是散发着古老气息，穿越秦岭的子午栈道；一条是裹着生命滋味，流金淌银的古盐道。巴山盐道与秦岭子午道同样是历史的缩影，是古老文明的传奇，散发着不同地域文化的特有气息。两县的党委、政府和文艺工作者、爱好者都应不负使命，把这种标有不同文化符号的资源财富深入挖掘并传承下去，而镇坪在这方面做了大量工作，成果显著，令人欣慰。尤其在文化品牌打造，地方文物保护和盐道的开发利用上更为突出，该县县委书记罗万平这样认为：古盐道无疑是祖先留给镇坪人的一笔宝贵文化遗产，它的社会价值在于这条古道构成了社会链条，盐灶老板、熬盐工人、盐夫是一条主线，围绕这条主线衍生了餐馆、烟馆、戏楼、盐店、会馆、商铺和相适应的手工业等，这就是当时的社会发展史。文化价值在于五千多年的盐运历史中，南来北往的运盐人将不同的文化和民俗沉积在了古盐道上，从而形成了多样的民俗文化。文物价值在于道路保存的完整性和多样性，浓缩成秦巴盐道一个时代的印迹。精神价值在于盐夫们在运盐的过程中不畏艰险、团结互助、包容共济，依靠集体的力量和智慧渡过种种难关，这种可贵精神正是我们要继承和发扬的。

面对这笔可贵的文化遗产，该县成立了盐道课题调研组，走访20多个市县，收录了大量的文图资料和实物言证，落实了古盐道保护责任，正在筹建盐运博物馆和围绕盐道开发旅游文化项目，编制古盐道文化产业发展规划，筹划摄制一部专题片，根据李春平长篇小说《盐道》改编拍

摄一部影视剧。通过举办文化论坛、文艺采风、书画摄影比赛、有奖征文等系列活动来达到资源开发和保护遗产的“双赢”。这种大思维、大谋略、大设想真让我从内心里钦佩。而地处秦岭腹地的宁陕有赫赫有名的子午古栈道，无论是地位作用、历史影响、经济社会价值还是遗址的完整性、史料图片、传说故事等都远高于古盐道一筹，只因认识不统一，至今在地方文化品牌打造上没有定论，子午道的保护开发利用没有被纳入重要议事日程。镇坪的做法应该带给宁陕很好的启示，如今，宁陕在实施文化兴县、旅游富民的发展战略过程中，更应注重文化与旅游的融合发展，加大旅游文化项目投资，全面提升全县旅游产业发展水平，吸引八方来客。

来到镇坪，让我感悟最深的是古盐道曾经行走的不仅是盐巴汉子为了生活奔波的艰辛足迹，还有那种生命不息、奋斗不止的时代精神。在这里，每一位盐巴汉子都靠出卖力气为生，从巫溪到镇坪，这段曲折陡峭的山道见证了他们力量与意志的坚韧。这种巴蜀文化的精髓叫人动容，叫人铭记。正因为有这种厚重朴实文化基因的传承和延续，当地才形成了勤劳务实、待人诚恳、纯朴热情的民风习俗。这里的男人有比化龙山更高耸的壮志豪情，粗犷奔放；这里的女人有比南江河更悠长的爱恨情怀，柔美动人。正如我在《南山人》一文中所描述的陕南人那样：“你看那陕南汉子大多眉清目秀，额头偏高，眼窝深陷，嘴角突出，肤色紫铜，与陕北关中汉子的高大憨厚相比，更显得有几分精明，有人称他们是：站着一棵松，躺着一座山，处处透着阳刚之气。而女人也非同关中陕北妹子那样娇弱艳丽，多数生得水灵，肤色白皙，性情温顺，勤劳能干，也有人把她们比作是：站着一枝花，躺着一条河，全身溢出女子那楚楚动人的阴柔之美。”这正是宁陕与镇坪人的共有特性。在镇坪我还说了第三句话，叫两县同居兄弟城。因为两县县城的地貌非常相似，三河交汇，四面环山，面积狭小，但镇坪在城镇建设中充分利用地形地貌把这座县城建得小而美、小而精。有人说：城是小城，坐落在化龙山下，南江河边，青山对峙，河水绕城，集山水之灵气，堪称陕南秀美边城。这是写真写实，而走进这座城，你会不由自主地放慢脚步，流连其间，有种“云深不知处，流水听知音，街亭厮相守，主人思客归，楼台且私语，明月侧耳听，弄堂无闲人，总是迎客声”的感觉。这里最浓的味道是纯朴，最亲的问候是笑容，最美的花香是山妹，最好的迎接是山水。还有地道的腊肉、斑鸠豆腐、鲜花美食和渣面饭，让你能品出巴山秘境那特有的风情和天然之美。来到鸡心岭，却是一山一风景，这里是中国陆地版图的心脏位置，陕鄂渝三省在此交界，因这里山岭雄浑，状如鸡心，故名鸡心岭，素有“登上鸡心岭，一脚踏三省”和“鸡鸣一声三省醒”的说法，站在国心上，一种民族自豪感油然而生。在山坡与树林之间，有一条羊肠小道直通国心界牌，高大的门楼两侧有对联“华夏儿女凝一心，秦楚巴风汇一门”。路边苍老的岩石上不知铭记了多少动人故事，承载了多少让人难忘的岁月。如今，从绿树成荫的街道到青砖黛瓦的乡村，盛景浓情不绝入眼，风清气正悠然于心。

化龙山，一座有传奇色彩的山！镇坪，一座有故事有品位的城！

（本文曾发表于《汉江文艺》和《南江河》）

心归净土

我自幼生长在秦岭南麓的大山中，对乡村有份特殊的情怀，对自然有一种天生的亲近感。遗憾的是这几十年我一直生活在县城，远离了自然和乡土，多了些困扰和无奈。随着岁月的流逝和年龄的增长，我对乡土的情怀愈加浓烈，乃至无法摆脱。特别是闲暇时，不知不觉中脑海里就会跳出那遮天蔽日的原始森林和一望无边的峰峦山野，那活蹦乱跳的野兔，四处觅食的七彩锦鸡，还有山野间清澈如镜的汩汩小溪以及那水中游来游去的鱼儿。每当此刻，那些平日里不可触碰的儿时快乐，父母兄妹间的温情就会一股脑地涌淌出来，这种美好的记忆永远无法抹去。

这些年，我走过看过许多名山大川和野岭沟壑，也到过许多名村古镇，可谓八方招商，四处皆兴旅游，城市大拆迁，农村大移民，这种大规模的基础建设和旅游资源开发对当地来说是史无前例的，在感叹之余我对这些土地多了几分忧愁和惦念。许多地方的原始森林被破坏，小河污染，鱼儿无踪，野兽难寻，这种开发是得是失？我无法回答。但可以肯定的是，这种改变一定会对当地文化习俗、生活方式、价值观念带来深远的影响。如今我无论在外出差，还是下乡游走，都尽可能地寻觅山野草木带来的乡土气息，来抚慰我那忧伤的心灵，缓解我对自然的亲近和对乡土的怀念之情。乙未年深秋，应市文联、市作协和汉阴县之邀，我参加了在凤堰古梯田举行的文学创作基地挂牌及文学采风活动。这里是作家、摄影家、许多游客常来光顾的地方，这里是人们心归净土、回归自然的一方乐土。走进这里，你能嗅到先民们汗流浃背地依山造田那种艰苦执着的气息；在这里，你能一睹曲折的山路环绕山间，鱼鳞般的梯田布满山坡，座座民居错落有致的壮观景象。溪流、梯田、古树、农家构成了人与自然亲密和谐的田园大写意，真是天人合一的自然体现，置身其中，你会有种特别的超脱与惬意。

我是位摄影爱好者，先后与友人三次来到这里，阳光下、云雾里，梯田层层叠

叠，田埂曲线分明，民居时隐时现，乡村美景变化万千，这正是摄影人寻找的灵感，在拍摄过程中也能发现生态之美，感悟自然之美。再深入了解，你会发现这里是历史厚重的田土，许多重大历史事件曾发生在这里，现存的吴氏民居、太平堡遗址就是这一事件的见证。据考证，凤堰古梯田是由清代湖南长沙府善化县吴氏家族移民当地后所建，面积达万余亩，是目前秦巴山区发现的唯一连片、保存完整、面积最大的古梯田，极具保护、开发利用和研究等重要价值。在我心里，最有价值的是这里仍保持着原生态状况，一草一木没有受到污染，是一块净土，藏在深山人未识。

如今，我们生活的周围到处是工地，众多规划之中的大楼正在破土动工，挖掘机和铲车挥动铁臂在地面挖出一个个大坑，数台轰鸣的大卡车来回运着沙石，这种场面看起来确是热闹非凡，几年间一座城镇、一个乡村就改变了旧貌，但当地的传统习俗、极具地方特色的传统民居和民间文化消失了。现在我们身边只剩下各种人工合成材料，只剩下墙壁、地板及各种家具，还有手机、电视、电脑、汽车伴随着我们，泥土气息却渐行渐远。

走进凤堰，那些莫名其妙的烦忧一下子被赶走了，乡村美景和泥土芳香立即唤起了我对家乡的记忆。当年我也曾与田地打交道，懂得面朝黄土背朝天的滋味，但在田间插秧的过程中，乡亲们有说有笑的场面至今仍在我脑海中浮现。来到凤堰，仿佛回到了久别的家乡。傍晚，镇上吴书记一边陪我们吃烧烤，一边唱着《十爱姐》传统民歌，一股浓厚的乡土民情让人心醉，还有位年过古稀的老人讲了铁瓦殿、黄龙庙、马迹崖等凤凰山下许多美丽动听的民间传说，真让我们感受到了这里是人杰地灵的一方水土，有取不尽的素材和写不完的故事。

（本文发表于2015年《汉江文艺》）

云水白河

在我的印象中，白河人无论男女说话总是绵长得很，那音调像被汉水浸透过似的，语气含着甘洌，对人大方热情，十分甜美可人。见人眼角一条缝，不笑不张口，不露玉齿，不呼称谓，就说不出掏心窝的话。我在安康学院进修学习期间，常找白河的同学聊天，不仅爱听白河话，更重要的是白河人待人诚恳，好打交道，这与少数汉滨人有明显的区别。不妨你听汉滨人讲话，语调又硬又虚，安康一位朋友

讲过这样一段笑话，说是他的同事下班有朋友请吃饭，当时汉滨同乡也在，顺口也请他，为顾及面子，这位同乡说他也有人请。吃完饭后，又遇见汉滨同乡，就让他同车回家，结果途中汉滨同乡晕车，吐了一地，一看全是酸菜。后来就有了“汉滨人是吃酸菜长大的，说话酸得有余；汉阴人是吃菜油长大的，讲话油嘴有语；旬阳、白河人是吃杆杆酒长大的，讲起话来直言直语；平利、紫阳人是吃绿茶长大的，讲话轻言细语；宁陕、镇坪人是吃白酒长大的，说起话来自言自语”这样的民间笑谈。

这虽是民间自编的笑话，但当你走过位于秦岭巴山的安康各县，你会感悟到同饮一江水，同居两座山，但民风习俗不同，文化传承有别，社会发展有异。2016年初春我随市文联、市作协再次进入白河采风，目睹了当地城乡发生的巨大变化，很是惊讶。到了巴山，就想起平凹先生在他的文章里描写巴山女人骂男人的那句话：“你不想活了，就滚江去。”巴山人大都居住在山腰间，那山不像秦岭那样树木茂盛，而是树木稀少，加之这里没有太多的平地、川道和良田，有的只是巍峨的巴山和贫瘠的山地。自古至今，白河人靠勤劳的双手持家创业，靠不屈不挠的精神改变家园风貌，靠着领导苦抓、干部苦帮、群众苦干的“三苦”精神，才有了“石坎坎、金碗碗”的神奇佳话。

“九山半水半分田，山大石头多，出门就爬坡，土无三寸厚，地无百亩平”是白河的真实写照，为此我将其称之为云中白河。这里的山民大多生活在高高的山腰，可谓在云中生在雾里长，形成柔美圆润的一口乡音。女人个个生得水灵，似云中仙子，步履起舞，登山带风，我给她们起了个好听的名字叫“云中飞”；男人大多生得身强力壮，威猛英俊，有种仙风道骨的气概，我把他们叫“巴山侠”。我从白河几位朋友身上感受到了那种侠义之气，前两年到宁陕工作的县级领导中有好几位是白河人，从他们身上我学到了许多终身受益的优良品质，加上那里同姓较多，为此我对那里的人有种亲近感。走进白河，大街上吸引你眼球的不仅是俊男美女，好像还能隐约听见那开山劈岭的劳动号子声，让人迷恋其中。

陈忠实老先生说得好：“人不能违拗自然，但也不能屈服于自然。”白河人这种自强不息、顽强拼搏的精神着实让人敬佩。该县高度重视文化与旅游的融合发展，在这次采风活动中，所举办的桃花节别有一番情趣。来到距县城不远的前坡村，正值桃花飘香的季节，走进田间既能赏景观花，又能听那悠扬的古筝之曲，观舞剑太极之功。美女的纤手靓影，俊男的侠义剑出，真乃把自然与人文之美演绎得淋漓尽致。走进石板盖的农家小院，坐在桃花园里品茶观景，有着在宁陕感受不到的惬意。再吃“三点水”，不枉白河走一回，这种招待只有逢年过节和操办喜事或接待贵客时才有。细心的白河人为了照顾南来北往客人的口味差异，将菜做得甜咸兼备，因席间要上三道水洗勺而得名，品尝这种美味方能品出地方饮食文化的悠久和白河人的好客与热情。

徜徉在汉江边，一条古街带着历史气息迎接着我们。阮郁说：“这是桥儿沟，其实沟中保存下来的桥不多，有的是老宅古屋，这是我爱看、想去的地方，每次来到白河，必定到这里走走瞧瞧，因为像这样的古街能看到的不多了，尽管桥儿沟名气不是特别大，但是它的风貌和独特之处让人留恋，还有它的故事。”让我感兴趣的是，整条古街上有古井古泉达数十处之多，最有名的是龙井、凉水泉、香泉、普润泉等，正因有这些泉源，才汇聚成小溪，生出长春桥、观澜桥、邀月桥等诸多别致优雅的小桥，桥儿沟也由此而得名。与之相伴的河街失去了往日的繁华市景，但在老墙根上，在古色古香的老门与翘檐上，在被岁月磨损得凹凸不平的石板上，依旧能寻找到昔日“小汉口”的许多印迹，这条曾经被誉为“黄金水道”的河流，这个秦楚交界的要塞是多么荣耀。

如今该县全力打造“白河水色”，不仅是挖掘地方文化的根脉，更重要的是传承地域文化，不是吗？如果没有奔涌不息的汉江，没有条条沟壑流出的汩汩山泉，那里的生灵，那里的万物将如何生存，世间有生命的物种都离不开水，对于白河来说，水显得尤为重要，因为那里不仅山陡峭，而且土层极薄，难以保存水分，正因为汉江依山奔涌，浸润大地，这里才变得生机勃勃。年复一年，日月轮回，形成了这里独特的自然环境和人们独特的生存方式。可以说汉江是这里的命脉，水色才是白河人的生命底色。

回到宁陕我常常回想那里的山，那里的水，那里的云，更多的是思念那里苦干实干、乐观向上的人。

（本文发表于2016年《汉江文艺》）

禅意仙山

是什么惊动了天神，那是一颗虔诚的心。当我们这群文朋道友相约在月河川道时，迎接我们的是烟雾蒙蒙，细雨沥沥，春花绽放，鸟语醉人。这是一个充满诗情画意的季节，也是一个浪漫的季节，更是文人向往的季节。当我们怀揣着激情、敬畏、渴望、好奇的心向那座素有“小武当”之称的仙山攀登时，泥泞的山路将步履维艰的生活细节展开，将禅意悟道之心拉近。

这座仙山坐落在安康汉滨城郊20千米的五里镇境内，亘古以来，一条汉江就依着山势从山的腹部向东流淌着。而这座修建于宋代的道教古观——玄天宫一直坚守数千年，流传数十代，始终不离不弃。观内有大树一颗，水泉一眼，泉水终年不涸。志载：凤凰山之首，曰鲤鱼山，绝顶有泉，二鲤游之，堪称一奇。至今，这里还流传着海娃借清风宝剑，斩白龙救妻的美妙动人传说。

仙山虽没有武当山、圣水寺那样出名，却有着闻名遐迩的传说和典故，观内的古碑上记录的文字足以证明它的苍老和非凡身世。很多游客、香客和这次笔会的文友们都无比虔诚地叩首膜拜。我们作为山里人对山有着特殊的感情，来到此山，就如同来到仙境，看那缥缈的云雾，如同流动的风景，若隐若现；看那绰约多姿的山头，如同仙道打坐，坚守时空，吸纳日月，仙骨照人。

来到仙山，用心品读每一块砖，每一个碑和讲禅释道之人，这时候，听到的每一个曼妙的字，读起来分明是有仙气的。听，除了用耳去听，还要用心去听，听到的是一种心境，一种大珠小珠落玉盘的动人之音，一种澄清空灵之声。寺内一位才女面对仙祖叩首抽签，口中无语心中有词，她的心房里素心如雪。在她的眼中，山水雨露庭院草木皆似优雅的俳句，或是婉转的道经。在出家人的眼里，草木皆为空灵之物，散发着独有的清寂静寞之气，春夏秋冬，四季更迭，焕发成禅言释语，给人留下许多思索。

鲤鱼山躯体峻拔，山水迴回，自古是

文人雅士修行论道的最佳处所。登此山顶，极目远眺，方圆数百里月河川道景观尽收眼底。从月河川道近观此山，既像一条鲜活的鲤鱼，又似一面旗帜，故与天柱古山、擂鼓台共称为“钟鼓旗山”。这座道观仙山多年来虽遭破坏，年久失修，断壁残垣，却不失古色悠韵，犹如藏在深山人未识的闺女，方被认知。当镇村干部口若悬河地讲解那幅开发蓝图时，我们似乎看到了开山祖师那神奇的身影，还有观景台、太极馆、玄天宫修复一新的美景。那时，走在鲤鱼山的山道上，花开四季，鲜果满园的景象会迎面而来。

当李焕龙老师把我们带入恒口古镇，让人眼前一亮的是千年古镇的气势仍存，庙宇香火旺盛，古籍古匾颇丰，真是饱了眼福。大家对鲤鱼山开发前景更充满信心。当我们离开仙山时，想起山上那顿斋饭，那不是在吃而是在品，那杯酒真有几分醉意。

这次笔会的体验非同一般，让人感悟到人生即是生命轮回，激情只是刹那，惊艳不过一瞬，愉悦终归清静，财富本在身外，荣誉无非是个虚名，世间万物皆有定数，不强求不执着于那些不属于自己的东西。

这次笔会也许让我们都沾了点仙气，但可贵的是让我们领悟到了文学乃是人学，人心向善，自然和谐，天人合一，这正是我们追求的。

（本文收录于《问道鲤鱼山》一书）

春踏青木川

青木川因川道内有一株青木树而得名，更因有一位传奇人物魏辅唐和保护完好的古建筑而名声大振。该镇位于汉中宁强县西北角，地处陕、甘、川三省交界处，素有“一脚踏三省”之说。古镇曾是羌汉民族杂居地区，当时只因魏辅唐采取与众不同的土地政策和宽松的环境，这里成为“世外桃源”。外地客商纷至沓来，这个边远的角落成了商户的“天堂”。据说此地明清时期最为繁华，古街始建于明成化年间，以四龙场为主，面积达万余平方米。这里的古建筑群既体现了楚汉文化和巴蜀文化的主格调，又充分吸收了徽派建筑的特点，这些结合陕南自然条件和人文环境设计建造的具有浓郁秦巴地方特色的住宅，设计新颖、结构合理、特色鲜明、文化气息浓厚，虽经百年沧桑，仍保存完好。风格迥异的古街、古祠、古栈道、古建筑群正是青木川吸引游客的亮点和基础，其中魏氏庄园、荣盛昌、荣盛魁、辅

也许是我从小在四合院里长大的缘故，我对老宅古镇有着特别的情感，别样的牵挂，对传统民俗文化更有许多偏爱。多年来，无论在城市乡村或公差外出或者旅游，我总爱往古玩店、博物馆、展览馆里钻，朝古色古香的乡村古镇里跑。

今年春暖花开的季节，受著名作家叶广芩所写的那本《青木川》并依据她的作品改编拍摄的电影《青木川传奇》和中央电视台《走遍中国》栏目制作的《边镇奇人》播出的影响，又受文友的善意邀请，我们同道一行4人前往青木川，亲身感受那古镇传奇故事带来的魅力。

仁中学等精华古建筑群最负盛名。

青木川发生过不少令人回味的传奇故事。相传有一天，一个谋士对魏辅唐说，你这个地方什么都很好，就是少了点什么。要得好，就得建一所学校，培养造就人才，才能有大的发展。魏辅唐对这话很上心，决心办一所学校。当时听说西安有位设计师名气很大，便派人带重金去请，谁知设计师对聘金不屑一顾，说："穷乡僻壤能造什么样的学校。"第二天，魏辅唐派手下将设计师五花大绑带到青木川，并派设计师到上海、厦门等地考察，最后参照上海一处建筑的风格建造了一所中西合璧、当时在大都市也少有的学校，这便是辅仁中学。

学生在辅仁中学读书是免费的，无论哪里人都一样对待，学习成绩好的学生还被资助送往更高级的学校就读。学校除了开设常规课程外，还开设外语、戏曲、武术、体育等科目。据当地老百姓回忆，老街上有一户人家的小孩子已经8岁了，家长还没有将其送到学校上学，魏辅唐就让手下的人把这家家长抓来，头上戴着尖帽子，脖子上挂着铜锣，边游街边说："赶紧把孩子送往学校上学，不然你们就会像我一样了。"由此可见魏辅唐对教育的重视程度。

三省交界的特殊地理方位使青木川成为秦蜀文化荟萃之地。当地文化风俗亦川亦陕，并带有部分陇南文化特色。羌族文化及民国时期形成的"乡纯文化"对青木川也产生了深远的影响。

如今，畅通的柏油马路拉近了青木川与外界的距离，许多游客慕名前来，漫步古镇，淡淡的薄雾萦绕着古老的建筑，古朴的青石板街道尽显静谧安宁，仿佛漫步在历史的走廊，穿行在时光的隧道。

美丽乡愁

我不是多情的主，但对过去一些美好的事物常常思念，常常牵挂，常常回头张望，也许这就是人们说的怀旧情结吧。

2014年4月9日，《安康日报》刊登了马玉龙先生的采访报道《正在消失的石板房》，一下触动了我的恋乡情绪。说实话，这几年农村发生了可喜的变化，特别是陕南实施异地移民搬迁，避灾集中安置工程，确实解决了一部分农户的居住环境问题。但是这种大量的移民搬迁，民居改造和建设，却让人既欢喜又忧愁。让人欢喜的是，许多农户从高山危险地带迁到了交通相对便利、居住环境安全的地域以及公共设施比较完善的集中安置点。房子漂亮了，村子环境整洁了。让人叹息的是，农村传统文化习俗和特色建筑在迁移中被破坏、被遗弃、被遗忘。正如报道中所言："安康石板房是陕南最具代表性的民居，有着几千年的历史，这种独特的文化特征不经意间从人们的视线中逐渐消失。"在新农村建设过程中，这种最具陕南文化特色的民居建筑正在走向消亡，真让人痛心疾首。那些具有传统特色的四合院、三合院等类似古民居也在"发展才是硬道理"的驱使下，被所谓的现代文明所蚕食。如何处理好保护与开发的问题，应当引起各级党委、政府的关注和重视。试想福建土楼之所以成为世界文化遗产，是因为它具有中国独特的建筑艺术和文化内涵。平利县之所以成为中国最美丽乡村之一，其建筑风格中渗透传统徽派建筑的理念，实用大方美观。如果我们把陕南最具魅力的文化特色融入现代建筑中去，那么安康的新农村就是人们理想中的"香榭丽舍"。乡村是中国最丰富的底色。一段老腔唱和着关中人的豪爽质朴，一条汉江流淌着陕南人的清秀细腻，尘土飞扬的黄土高原养育了陕北人的高亢激情，而这一切早已深入乡村故土，成为美丽乡村最耀眼的元素。然而，在新农村建设中，建了新区毁了古村，建了高楼毁了古镇的现象日趋严重，不能不叫人叹息反思，值得庆幸的是，许多地方已经意识到了农村发展不能以牺牲传统的乡土文化为代价。如蓝田

鲍旗寨村，传统的土坯房和新修的民居相邻而立；礼泉袁家村，传统的作坊得到还原复制；丹凤万湾村，竹篱笆墙围绕房前屋后，一条小河门前流淌，花草树木在庭院里随意生长，乡村气息扑面而来。

在更加注重生态文明建设的今天，美丽乡村建设被赋予更多的内涵，那就是更加关注生态环境资源的有效利用，更加关注人与自然的和谐相处，更加关注农业发展方式的转变，更加关注农业功能的多样性发展，更加关注农村的可持续发展，更加关注保护和传承农业文明。有专家这样认为："农民朴实的文化自觉需要在建设中得到尊重和张扬，这是对美的更深层的追求。陕西的农村文化丰富多样，陕南、陕北和关中就各有特色，如何在美丽乡村建设中传承优秀的民间文化，避免千村一面，将考验着美丽乡村的建设者们。"

（本文发表于2015年《安康日报》）

远处近处

几年前，我同一位县上领导下乡，在路上这位领导突然问我：“为什么古时候的画画得那么好？有的成了国宝，多年后画里的颜色也不变，这是为什么？”当时，我也没有做过多的思考，只是简单地回答：“现在的人心情浮躁，唯利是图，哪有心情静下来为艺术而创作。”这样的回答虽让领导不十分满意，但也认为这是其中的原因之一。

这个问题我思考了很久，从那时起我便刻意在电视里、书籍里找一些答案。有一次，在《鉴宝》栏目里，一位鉴定专家介绍一幅古画时，谈到了画里颜色的知识，说明古画使用的颜料是从矿物质中提取的，而现代画使用的颜料是化学品，二者有本质的区别，保存时间也有很大差异，现代化学品极易褪色，而矿物质颜料保存时间久远。我一下子明白了古画与现代画的不同。重要的是，古时候，无论是国家还是民众，都对人才十分尊重，饱学之士的才能得到了充分发挥。无论是盛唐期还是康乾盛世，严格的“科考制度”为国家选拔了一大批有真才实学的有识之士，上到皇帝宰相，下到庶民百姓，谁得到一幅好字名画都爱不释手，对好诗名句更是赞赏有加。文人真正成了那时的“香饽饽”。于是，出现了李白、杜甫、王维等这样的诗书名流，王羲之、颜真卿、唐寅等这样的书画大家，老子、孔子这样被历代敬仰的圣人。千年以前，中国就成了世界最强大的国家，当时各国都到中国“朝拜”，那时的皇帝多么“绅士”，中国人多么自豪。不可否认，中华人民共和国成立之后，确实是走过像“大跃进”这样的弯路，中国经济社会的发展受到严重影响。改革开放30年，我国发生了翻天覆地的变化，经济突飞猛进。工资提高了但物价也上去了，经济开发区、农业示范区、高新科技园区成了时髦的词语，多数人住进了楼房却背起了债务，建了高楼，毁了古街，修了新镇，毁了名村。

可以说，古镇名村作为重要的历史文化遗产，是一个地区传统风貌、地方特色和民族风情的“活化石”，具有较高的历史、文化、艺术和科学价值。有媒体曾这样评价，在陕西的地图上我们能寻到无数历史上曾经辉煌灿烂的古镇，有传为伏羲、女娲之母——华胥氏故里的华胥镇，女娲氏故里的骊山镇，秦汉栎阳城所在的武屯镇，刘邦为其父仿沛县丰邑所建遗址新丰镇，老子讲经著述的楼观镇，裴航云英坚贞相爱的“梦断蓝桥”故事所在的蓝桥镇等等。而当下，很多历史文化古镇，在追逐物质财富和发展机遇的过程中，灵魂在趋同化中脱壳而出，大批有价值的传统建筑、历史建筑在推土机下被夷为平地，许多古镇、名村面目全非，旧貌难寻。

有专家这样认为：“在城镇化的道路上，我们自觉不自觉地让一种文化流失掉，那就是乡神，多村精英，民间文化，这是中国乃至世界未来发展中难以估量的损失和困境。

丧葬制度改革导致文化断流，祖先崇拜意识淡薄，从此以后，通过地下文物来保存和研究人类文明的血脉就可能中断了。计划生育和独生子女政策对于书香门第的打击是致命的，文物收藏和文化传承变得异常艰难。

必须对西部大开发有正确的理解，如只停留在经济维度，不重视生态和环保，未来中国的水资源将是可怕的，其危险性甚至远超出石油等能源的匮乏。”

多年的城市发展因缺乏前瞻性、文化意识和审美元素，导致了全国城市建筑的千篇一律。如果改革开放前，哪怕提前5年，国人能从整体性、地域性、文化性、审美性等角度对每个城市进行独具个性的设计，今天的中国都市将会大为不同。不要说它们的美，只旅游这一项就会呼蜂引蝶，其经济效益是千万个化工厂或电子企业都难以比拟的。

社会在变化，社会在进步，这无可争辩。但高速发展的科技，一方面给人类带来了便利，带来了文明，但同时也把人类推向了毁灭的边缘。

面对现实，有作家质疑文学是否即将死亡，这是一个严肃又深远的话题。有一位著名文学家这样写道：“今天微博的140个字符，无法完全彻底表达其文学性，会使读者智商下降。而我们的文化遗产唐诗五绝仅20字，七绝28字；宋词16字，令仅16个字，《忆江南》27字，《如梦令》33字，元曲《天净沙》28字，这都离140字远着呢，这些经典作品，至今还使文学爱好者如痴如醉。”

我们面临的问题是，文学伴随人类文明而生，不会死亡。但文学的形式会依次死亡，楚辞来了，诗经（形式）死了；汉赋来了，楚辞死了；骈文来了，汉赋死了；唐诗来了，骈文死了；宋词来了，唐诗死了；元曲来了，宋词死了；（明清）小说来了，元曲死了；电影来了，小说死了；电视剧来了，电影死了；游戏来了，电视剧死了。只不过这种“死亡“是相对而言，文学像一个不死的灵魂，依次依附于文学体裁生存，只不过随着文化的普及，文学越来越通俗，越来越世故，越来越谄媚，所以就越来越无趣而已。

想起遥远的过去，回味活生生的现实，许久想不通、摸不透，这到底是进步还是倒退。

（本文发表于2014年《香溪》）

笔墨情深

前半辈子有两样物件伴我时间最长，一是纸，二是笔。有朋友却说："下半辈子恐怕不是纸与笔了，那应该是手机和电脑！"也是，如今单位提倡无纸办公、电脑办公，有几人还用纸和笔?这对我来说或许办不到，不是对电脑没兴趣，而是书写有习惯。其实，在文学圈里手工写作的不止我一人，比如余秋雨、余光中、贾平凹等许多文学大家、写作名家至今都是笔写，被出版界誉为稀世不多的"纯手工写作"。我时常在想，下半辈子会不会丢掉纸与笔，用电脑写作？我想不会，也许很多人会笑我落伍，但我认为在纸上写作是一种自我享受、自我安慰、自我对话，而在电脑上也许与很多人对话，有许多人看着你写，那就没有一点秘密可言了，人一生总得守住一些东西，那就是笔了。

其实，现在很多人对电脑和手机很熟悉，没事玩手机似乎成了男女老幼的习惯动作。无论是在家里，还是在办公室，甚至在开会时、在行走时还不停地玩弄这把戏，他们对手机的痴迷不过是用无聊来填补内心的空虚，绝大多数人想看的是那些稀奇古怪的信息，或者玩电子游戏，如此下去，脑子还有什么用，那不就是四个字——“寻找刺激”！

据有关媒体报道，近日英国有一位89岁的退休老师觉得现代科技让人人变成“机械人”，人际关系疏远，几经思考，认为自己不适合活在“数码时代”，最终结束了自己的生命。当然这只是个例，但现实确实是动笔的人少了，动电脑的人多了。刚刚从大学毕业的高才生连笔也不会握了，更不用说写好一手毛笔字、钢笔字了。

尤其是现代人，更不会写信了。一位大学生理直气壮地说：“现在大多数人都有手机，有什么事打个电话，发条短信就行了，何必浪费时间写信呢？”的确，如今通过电话、短信、微信、电子邮件等方式随时可以与人沟通，科技的发展让世界变小了，让交流变得更方便快捷了，但是我们的精神世界却变得越来越荒芜，内心却显得无助无力。

对于每一个年过半百的人来说，回想过去那些岁月，许多美好的事物都能唤起难忘的记忆。仅就写信而言，是一件充满激情、充满快乐、充满文化的传递感的事情。在夜深人静时，当你摊开信纸，向亲人、友人、爱人倾诉衷肠，那字里行间倾注的是绵绵情愫。当你收到来信，小心翼翼、迫不及待地撕开信封时，那意味深长的问候和千言万语的叮嘱，让你思绪万千、夜不能寐。还是专家说得好：“一份份信笺总是独一无二的，饱含激情的文字有形有色可感可触，让我们的心灵更加充满温情。”20年前，写信曾是人们的主要交流方式之一，出远门到了目的地，第一件事就是给家里写封信报个平安，相隔两地的爱人最珍惜的就是彼此互诉思念之情，在许多人的心目中，一纸书信包含着无限情感。

用笔写字，就是对汉字文化和文学的一种回归。汉字是我们民族的骄傲。假如大家都将手中的笔封锁起来，一味地用电脑来处理事务，那么，书法艺术迟早会从我们的生活中消失。随着互联网和智能手机的普及，人们的生活方式也发生了深刻的变化，有人说如今是“出门逛街少了，网上购物多了；外出游玩少了，宅男宅女多了；见面聊天少了，微博微信多了”。

互联网不仅改变了我们的生活，对社会的改变也同样深远，并且影响力巨大。有人认为：“现在的人少了交流，什么事不懂就搜索，少了讨论和动脑思考，这其实是在退步而不是进步。”

现代人动手不动笔，动手不动脑。一人一部手机随时可以取得联系，但人与人之间的情感距离却渐渐远了。或许打个电话可以说清一些事，却再也表达不出书信能表达的感情。有句话说得好：“世界上最遥远的距离，是我坐在你的身边，你却在低头玩手机。”

（本文发表于2015年《香溪》杂志）

人面画像

这个世界没有完全相同的两片叶子，正像没有绝对相同的两个人一样。每个人生存的环境不同，接受的教育不同，所形成的个性也不同。当你进入社会，面对茫茫人海，坎坷人生，定会与许多人相遇相识，他（她）的思想理念、人格品质对你会产生或深或浅的影响。有的人，你一见如故，哪怕只一瞬间眼光的对视，一次不经意的搀扶，那种温暖的传递，那种力量的感觉，那种潜在的震撼，都能带来一份信任，一份接纳，都可能成为改变你生活的契机。与他（她）们交往，会给你的生活平添许多幸福和温馨。

他（她）们诙谐睿智，风流潇洒。他们那幽默朴素的演绎，会引得你言笑晏晏，把生活的苦闷和哀愁一下子从脑海中驱走。

他（她）们乐则歌，悲则哭，怒则骂。他们对社会的丑恶现象金刚怒目，常引起你的共鸣，但他们对你的缺陷也洞若观火，对你的批评一针见血，但你知道他对你的尊重和关爱，你们之间的交流是一种灵魂的交流，不在乎形式，随时随地、自然而然地进行着。

他（她）们老到成熟，沉着稳健，与人为善，心气平和，说话慢条斯理，密不透风。和他们交谈，会使你对枯燥乏味的辩证法产生兴趣，甚至会对汉文字的精微咀嚼生津。

他（她）们平平淡淡，简简单单。你和他们之间，有惦记、疏淡，却甘甜；有问候、平常，却温暖；有友情、清澈，却长远；有信任、无言，却真切。

他（她）们善良淳朴，憨厚木讷。他们三锥子扎不出一句话来，可那热心肠在日常生活中伴你左右，日子长了，已经深入骨子里。特别是在你尴尬的时候，在你贫困潦倒的时候，在你绝望无助的时候，他们默默地站在你身后，坚定地支持着你，使你更冷静、更坚韧。

你这些朋友都不是完人，不可能十全十美，但他们尊重他人的人格，呵护生命的尊严，注意他人的存在，理解他人的处境。他们敬畏生命，敬畏自然。他们对生命价值的认识，对真善美的追求，都感染着你。

有些人，你穷其一生也捉摸不定。有人说：不要相信和你许天许地的人，这种人像鸵鸟，钻过脑袋不顾屁股，多半是短期行为。

爱打听小道新闻，爱看别人笑话的人，这类人内心简陋，无所作为，也决不可以接近他们。

没事总爱往领导家里钻的人，须知拍马是为了骑马，此种人经常揣摩领导心思，其实就是心术不正。见了领导满脸堆笑，见了下属横眉竖眼，我敢断言，等领导一下台，树倒猢狲散，他比谁跑得都快。

过于精明世故圆滑的人，注定不会是性情中人，更不会是仗义之人，别说互相帮助，恐怕他连句真心话都不会告诉你。

表面上宽宏大度，内心里却患得患失、精打细算的人，更爱挑剔指责别人的毛病，骨子里一副唯我独尊之态，这等人物，你最好不要与之为伍。

不敢担责任的人，无论责任大小，他都推得一干二净，这就叫聪明过头了，你也要敬而远之，因为他和任何人都不会坦诚相交的。

“话到嘴边留三分”，而且眼睛比陀螺转得还快的人，他的小心眼更是如此，别人是玩不转的，对待这样的人，逃吧。

所谓另类，并不是不合群，就像平和不等于平庸一样，无论你多么“才高八斗”，你首先得是个真实的人。所以，有

才华的人学会做普通人才是难能可贵的。

喋喋不休的人是可耻的，尤其是男人。

所以，沉默是金。

侯宝林先生说，生活中没有那么多好人，也没有那么多坏人，不好不坏的占大多数。

而那些你不知或不易察觉的人性，也许就发生在你身上或身边，因为人无完人，但如果能够在细微处发现并引起我们的反思，人生才会更加接近真、接近善、接近美。

（本文发表于2015年《汉江文艺》杂志）

自言自语

中国人把那些想说不能说的事叫作“只能意会，不能言传”。当今社会许多人衣食无忧，手头上宽松了就玩起麻将来。由于这类活动属于“五毒”中的一种，不能“光明正大”地高谈阔论，只能自言自语地说长道短了。

其实人生是神秘的，也就是说人生本身就是赌场。正如小品演员赵本山与范伟在小品《话疗》里的台词：“我只知道自己怎么来的，不知道自己怎么没的。”人人都知道自己的生日，却没有人知道自己能活到多少岁。要是人人都能知道自己的将来，生活就成了一场没有悬念的比赛，就像打一场不带彩头没有银子的麻将，那多没劲。

人生难以预测，麻将场也是捉摸不透的，四个人一落座，谁也不知道今天谁是幸运儿，谁是倒霉蛋，心里总想把自己定为跌个跟头捡条金条那一类。运气这东西谁都会撞上，“运气来猛了，门板都挡不住”，虽然这是句通俗的话，却有着不俗的道理。运气好了，想啥来啥，想官得官，想财来财，一路顺风。所以我们中国人最注重的就是天命。

天命难违，运气总是喜欢来无影去无踪，从来不认你是领导还是大老板，想落到谁头上就落到谁头上，爱你没商量。运气落到麻将桌上，便是手气，手气好了，想撞有撞，想张来张，别人五条撞了，你夹五条还来个炸弹。前几年到安康办事，不仅事办得很顺，晚间乘着酒兴陪新闻文化界的朋友还玩了一场麻将，那才叫作刺激，你不知道，那手气好得没法说，吊张炸，边张炸，就连夹五万被别人撞了，听了个夹五万，想着自己手气好，说了个来个刺激的再报炸，话音未落，夹五万摸到手上，旁观者直摇头“这叫作邪了门”。手气不好，你三六九条早早听着，心里想定是个炸弹，一圈又一圈，等到黄牌时摸个九条，别人却和了牌，这也叫作“人倒霉了，喝口凉水都塞牙”。

要是手气一直不好，别说该咋办，有人绕着椅子转一圈，口中念念有词，诉求手气好转；有人冲进厕所洗洗手，想冲掉

一些霉气，这不是什么绝招，真搞笑，没有多少道理。不过，笔者以为手气不好，千万不要摔牌发脾气，全没了做人的风范。要记住，牌可以输，牌品不可以输，输了钱可以赢回来，要是人品输了，怕是再也没人与你玩了。

有人说：“牌桌上看人品。”这话不错，有的人你跟他非常熟悉，很难看出他的庐山真面目，只有在关键时刻，非常状态下才会露出马脚，在利益面前才可还原本色，显示出人品的高低。

在麻将桌上，啥事都会发生，你想想，四个人打麻将，都老老实实地玩，每个人的胜数是相同的，全凭手气，肯定赢不了大钱，便有了偷牌换牌诈和这类雕虫小技，虽然能赢钱，但是这种手段一旦露馅让人发觉，别说名声，恐怕连命也会丢了。

钱是好东西，全世界人民都热爱，只是别太动歪脑筋，久走夜路肯定会有一天遇见鬼，后果一定严重。还是老实一点好，别把娱乐当成摇钱树，否则摇下来的不是快乐一定是苦果。

澳门赌场全球有名，可葡京赌场内的大墙上还贴着一块告示牌：“赌博不必胜，轻注好怡情。闲钱来玩耍，保持娱乐性。”这标语不错，也可用来提示众多麻友，咱们都是平民百姓，没人给咱送钱，也没大笔遗产可继承，更不是日进斗金的大款，还得养活一家老小，孩子上学、老人看病、自己买房，哪一样都是一座背不动的山，还是吃饭量家当，游戏有度，娱乐为妙，小赌怡情，大赌伤身，不赌最好。

（本文发表于2014年《汉江文艺》杂志）

幸福告白

幸福是什么？老百姓会说："三亩土地两头牛，老婆孩子热炕头，衣食无忧是幸福。"干部职工会说："家有三大件（房子、汽车和一份好工作），存上几百万便是幸福！"但有一次，一位文友问我："你的幸福是什么？"我没有多想，顺口就说："尿涨忙了，去撒泡尿是幸福；人饿极了，吃碗热热火火的汤洋芋便是幸福！"这位文友哈哈大笑，说："你这话虽粗鲁些，但事情就是这么个理。"当每个人的需求得到满足时就是幸福。农民辛劳耕作，风调雨顺，迎来了丰收年，那时他们感到幸福。工人们生产的产品得到消费者的认可，销往各地，赢得丰厚的利润，有工资发，有奖金拿，那时他们感到幸福。作为一名国家公务人员，尽职尽责，勤奋工作，得到领导和同事的赞赏，仕途顺，事业成，步步高升时，他们感到幸福。一名学生苦苦攻读，学业有成，并进入重点院校时，他（她）幸福。不同的人有不同的阶层，不同的社会背景。每个人都有自己的梦想和追求，当达到目的，有了快意那便是平常人的幸福。

幸福是什么？有人会说："活得健健康康，家庭平平安安，工作顺顺利利是幸福！"也有人会说："财富像老板，老婆像演员，享受名牌货，住的是别墅院。"其实，不管你吃的什么，穿的什么，住的什么，抱的什么，说透了，人活的是心情，说文雅一点，是活出品位，活出高贵，这种高贵不是富婆，不是土豪，不是富二代，不是躺在祖宗留下的财富、地位和荣誉里的自我欣赏、自我陶醉、玩世不恭。每个人都要自强不息，自省自立。通过个人的艰辛努力获得财富，事业成功，才能得到所有人的羡慕和欣赏。那时你的家人，你的同事，你所在的这个社会才能真正认可你。那投来的一缕缕赞许的目光，是阳光，是暖流，在温暖着你，那时你才能真正感悟到幸福的滋味。

最近，我在网络上看到这样一句话："人不能贪图享受物质的盛宴，而要注重灵魂的修炼。"这话说得太切中时弊了。当今社会许多人只为财富而奔忙，总认为有了钱，什么都有了（俗话说有钱能使鬼推磨），其实，钱是财富的代名词，有了钱不一定你就富有。有人说：“挣了钱，你用了那才是钱，不用那是纸。”这个我信。人一生奔忙就是为了生活过得好一点，这是天经地义。而挣钱要有正道，古人说：“君子爱财，取之有道。”最近我在思考一个问题，说的是我县过去曾经有个“穿的掉襟襟，蹲在火灶坑，女人不上门，鬼都打死人”的地方，通过县上争取，西汉高速穿过此地，引来大企业在这里搞开发，于是这里的土地自然就升值许多，农民一下子富了起来，有的一夜之间拿了几百万，做梦都没有想到一下成了“富翁”，却不知钱怎么花，也不知道将来之不易的资金拿来投入搞经营。少数人聚众赌博，结果很快把钱花得精光，地没有了，钱也没有了，这些人一缠企业二缠政府，三天两头上京告黑状，闹得沸沸扬扬。您想那钱来得不是太容易了吗？要是用的是自己辛辛苦苦挣来的血汗钱，能这样花吗？此时，我想起了赵本山与范伟演的小品《话疗》，当范伟饰演的穷得叮当响的小子买了两元钱的彩票，撞了大运，老婆告诉他中了五百万大奖时，他一下抽过去了，差一点要了命。这是天上掉下来的馅饼，他能不抽吗？真应了那句话“钱能让你上天堂，也能让你下地狱”。钱并不是万能的，靠勤劳智慧挣来的钱那才叫财富。

人是这个世界上数量最多的群居动物，如果大家相互关爱，人人为我，我为人人，这个世界将变得多么美好！让那些物欲的贪婪者见鬼去吧！让我们一起构筑“富强、民主、文明、和谐、自由、平等、公正、法治”的社会，实现真正意义上的幸福。

（本文发表于2014年《汉江文艺》）

耕田图

秦岭山下

附录 岁月流韵

FU LU SUI YUE LIU YUN

光阴荏苒，岁月如梭，时至二十一世纪，一项让宁陕人想都不敢想的伟大工程动工建成，即：西汉高速公路穿越秦岭，横贯宁陕全境，一下拉近了宁陕这个山区小县与西安等大中城市的距离。过去这个贫穷落后的地方，如今成了投资开发的热土。

苏醒的山林

橙色警报篇

我们正经历着一场伟大的时代变革。

当集体林权制度改革的风浪席卷宁陕大地的时候，山林在沉睡中苏醒，林农在思索中面临着一场新的选择。

然而，集体林权制度改革早在20世纪80年代初就开始试点，1984年曾正式启动了以“林业三定”（稳定山林权属、划定自留山、确定林业生产责任制）为主要内容的集体林权改革。可在改革的过程中，由于诸多原因，一些搞了“林业三定”的地方曾发生了严重的乱砍滥伐行为，违背了改革的初衷。于是，集体林改被迫紧急“刹车”，导致集体山林长期管理不善，发展动力不足，久而久之，累积成制约整个林业发展的“瓶颈”。这种体制长期运转，演绎出一幕幕令人啼笑皆非的历史剧。

事件之一：宁陕曾划长安、安康、石泉边境地带为辖区，地形地貌复杂。特别是撤区并乡行政区划分多次变更，加上“林业三定”程序不规范，改革不彻底，有的山林划定自留山、责任山时，四至不清、界限不明、面积不准，甚至“指手为界”。有的将自留山和责任山混在一起，部分资料丢失，有的权属发生变化，却始终没有及时变更——“人山矛盾”突出。特别是宁陕境内100多万亩国有林与集体林四界不清，权属不明，导致当地群众与省属森工企业——宁东、宁西局经常发生摩擦。基于此种情况，早在20世纪70年代初期开始，宁陕县就着手进行林权清理工作，并从1982年开始进行了为期三年的林业“三定”工作。由于认识不统一，争议分歧太大，第三期“三定”工作两度搁浅。1984年元月，在经过陕西省林业厅，省森工局、安康市（当时为行署）和安康林特局等多方调处仍无效的情况下，三方同意请求省政府进行行政裁决。1990年4月，省政府发文对宁陕发生争议的58万亩林权进行裁决。5月初，该县组织力量深入有林权争议的村组宣传贯彻省政府裁决意见，村农认为省政府的裁决损害了他们的利益。5月28日，宁西林业局职工与皇冠镇钢铁乡村民（当时两河区钢铁乡）发生了严重的冲突，时任两河区副区长等多人在冲突中被打伤。于是，涉及省政府裁决的19个村民小组中有22个集体林权单位陆续向安康市（当时为地区）中级人民法院提出申诉，状告省政府。

安康中级人民法院正式受理了这起中国林业史上的第一大案（也是“民告官”第一大案），之后立即组织司法人员深入村民小组走访调查，做了大量工作。但是通过司法途径解决大面积林权纠纷，在我国尚无先例，而且难度会更大，短期内无法取得满意效果。冲突事件发生后，宁陕县委、县政府极为重视，一方面积极做好当地群众的思想疏导工作；另一方面坚持按照省政府的裁决意见，试图跳出司法途径继续通过行政手段调处林权纠纷。1990年7月9日，县政府牵头召开了有宁东、宁西林业局和有关单位及业务人员参加的第一次工作例会，成立了林业确权发证工作领导小组，制定实施办法，明确工作任务和重点。经过一年多的艰苦努力，有两个乡镇辖区内的国有林完成确权发证工作，三个乡镇完成确权、等待发证。特别是江口回族镇高桥村大屋组首先与宁东林业局达成协议，按照省政府的裁决意见上界，并从安康中级人民法院撤回诉状。

为尽快解决宁陕林权纠纷，陕西省政府、省林业厅及安康市政府高度重视，多次出面协调。1993年，陕西省省长路过宁陕时，对当时县上的做法予以充分肯定。宁陕县委书记、县长亲自挂帅，部署工作，并确定两名副县长分别担任宁东局、宁西局两个确权小组组长，深入有争议的村组广泛宣传《森林法》及《实施细则》，坚持按照充分协商，合理解决，尊重历史，正视现实，考虑未来，坚持政策，稳定权属和由县以上人民政府确权发证的原则，从保护国有林的完整和方便群众生产生活的实际出发，对确权工作中遇到的问题开展了创造性工作。1993年，省政府以函件形式授权宁陕县政府对15个村民小组在300亩内做出技术处理，给予宁陕县更大的行政调处主动权。

几年间，宁陕先后召开大小会议上百次，制发文件50多份，投入人力2000多个。至此，历时5年，耗资30多万元的中国林业第一大案虽然得到平息，但其阴影至今仍笼罩在人们的心头。

事件之二：20世纪90年代初，宁陕县委、县政府做出了大力开发荒山荒坡的决策，全面实施“2118”工程，即在全县建20万亩板栗园，10万亩核桃园，10万亩蚕桑园，8万亩花椒园。由于政策配套到位，很快得到了全县人民的响应。

要开发必须先开放。于是，一系列开放开发的优惠政策相继出台。诸如，只要开发荒山，承包期可延长到70年；鼓励县乡干部出资承包租赁荒山；对开发荒山有功人员给予重奖等。

政策开放、形式多样、追求质量，既激发了全县人民开发的积极性，又使开发效益特别明显。西安莲湖区教委与广货街蒿沟村签订合同，首期投资百万元，租下1万多亩林地，合股共建“秦岭度假村”。本县个体运输户黄开常出资3万元承包了百亩板栗园，并在山上修路建房，安营扎寨，许多机关单位和县、乡、村等千余干部投资30多万元，承包租赁荒山5万多亩，开发建园，兴办绿色实体。数万农民见此也投资投劳大规模开发，兴建的板栗园最小的百亩，最大成片的3000多亩。四亩地镇罗家沟村村民周文兴、李木全等4位村民发起20余户村民参与兴办的股份制板栗林场，探索出了一条村民自主经营、市场化运作、管理科学的路子，取得了良好的社会和经济效益，成为全省的典型，被誉为“罗家沟模式”。

这股“开发风”过后，虽然建起了大片的林果园，但少数园林开发流转经营等方面的手续不健全，有的程序不合法，管理不到位，带来了许多“后遗症”。特别是林地使用权、所有权和经营权、处置权没有从根本上得到落实。受利益的驱使，投资者与当地村民的冲突不断，更有一些农户把栽在自己自留山、责任田的果树有意识的铲断，导致许多投资的单位和个人放弃经营，使整个开发只能是“昙花一现”，也给这次林改留下极其复杂的一面。

故事之三：1998年，国家实施天然林保护工程，这标志着宁陕由林木提供的70%的财政收入化为乌有，农民收入、乡镇企业的前景一下暗淡起来。

面对新的形势，县委、县政府提出了由“靠山吃山、木头立县”向“护山养山、生态立县”的历史性转变。发展林业生产、保护林业资源成为干部群众的自觉行为。

近年来，全面实施退耕还林工程，累计造林9.73万亩，成为全省率先完成退耕还林任务的县。同时，对五大河流实行了保护，确保一江清水送北京，一湖净水到黑河。并把小流域治理，移民搬迁与扶贫开发，新农村建设紧密结合起来，国家、集体、个人先后投资近亿元，全面实施封山育山、人工造林、自然保护区等项目建设，生态环境，人居环境得到显著改善。

虽然保护取得明显成效，然而开发利用直接收益却微乎其微，严重影响了林农的积极性。

有位农民这样说："我们大公无私为他人做贡献，却守着万宝山讨饭又有谁来管！"在叹息声中，一怒之下，把自己栽的一部分树苗砍掉了，当这次林改仍把这块林分给他家时，才懊悔不已。

还有件令人难忘的事，那是2001年的春季，某村一个疯子点燃了一块集体林子，乡村干部和村林业站的职工及时赶来灭火。心急如焚的干部发动群众上山扑火，任凭他们喊破嗓子，就是没有一个人出动，幸好火势不大，当时又并非风高物燥的季节，经过不长的时间奋战，火终于被扑灭了。但好事者编了一段顺口溜："疯子放火，群众观火，干部打火，领导发火。"入木三分地勾勒出责、权、利不统一，群众护林积极性不高的尴尬境况。

社会上还流传着这样一首打油诗："林不归我，我不爱林。利不连我，我不营林。责不罚我，我不护林。"这生动而真实地反映了林权制度的弊端和现状。类似的故事在宁陕乃至全国各地比比皆是，每个故事都是沉甸甸的期盼，都是火辣辣的呼声：明晰林业产权制度势在必行，深化集体林权制度改革刻不容缓。

改革的呼声在全国越来越高，这牵动了高层领导的心。

党中央、国务院高度重视林改工作。中央领导多次亲自深入山区、林区、农村，到农户中间调查了解林权制度改革的具体情况，听取基层干部和群众对林改的反映。

2006年2月27日，时任国家林业局局长贾治邦在国务院新闻发布会上宣布，我国集体林权制度改革在各地试点取得经验的基础上将逐步在全国推开。

2006年以来，林权制度改革似乎成为中国政治生活中乃至媒体上出现频率最多的词汇了……

社会各界也向山林投来了关注的目光。

中国人民大学党委书记王新清等五十余名教授、博士和硕士组成课题组，历时一年时间，专门对福建集体林权改革"永安模式"进行调查研究，他们从政治学和社会学角度认为"林权改革极大地促进了乡村民主政治建设"。

2006年3月至4月，国家林业局邀请国务院研究室、发改委、财政部、税务总局等单位组成9个联合调查组，就林权制度改革问题进行专题调研。调研涉及17个省、33个地市、50个县，调研组直接入户，同林农面对面座谈。9个调研组提出61条建议和意见，为中央决策提供了重要的参考依据。

党中央和国务院《关于加快林业发展的决定》对集体林权制度改革做出了全面部署，这个被称作“9号文件”的决定，使林权改革有了政策保证。继中央“1号文件”明确提出林权改革之后，十届全国人大四次会议审议并通过的《国民经济和社会发展第十一个五年规划纲要》和十七大报告中增加了“稳步推进集体林权改革”的内容。

国家林业局权威人士说，这次集体林权改革的范围主要是林木所有权和林地所有权尚未明确的集体商品林及县级人民政府规划的林地，对已明确权属的自留山，实行家庭承包的竹子、经济林以及国有、外资、民营、企事业单位和个人依据合同租赁集体林地营造的林木，先稳定后完善。改革任务和目标主要有四条：一是明晰所有权，放活经营权。将林地使用权、林木所有权和经营权落实到户，使农民真正成为集体山林的主人。二是开展林权登记，换发林权证。及时对权属明晰的林木、林地换发全国统一的林权证书，用法律保护林农的合法权益。三是规范林权流转，完善流转机制。通过制定和完善林权流转制度，促进林业生产要素的合理流动和森林资源的优化配置，实现林业经营规模化、集约化。四是实施配套改革，不断消除林业发展体制、机制性障碍。

一位高层领导不无高兴地说：“改革不能解决所有的问题，但是，山林的问题，不改革就永远得不到很好的解决。”

绿色风暴篇

陕西作为内陆省份，林业在经济发展中占有举足轻重的地位。为了贯彻党中央、国务院做出的重大战略部署，省委、省政府迅速做出了贯彻落实《中共中央、国务院关于加快林业发展的决定》的实施意见，将林权制度改革纳入重要议事日程，及时研究安排部署。为了积极稳妥推进，确定将宁陕、太白等10个县作为试点县，率先在全省启动，并迅速出台了《关于推进集体林改制度改革的意见》《陕西省集体林改制度改革试点实施方案》，同时成立了相应的机构，落实了挂联的领导，至此宁陕乃至陕西林改试点工作的帷幕徐徐拉开。

宁陕是全国100个重点林业县之一。全县总面积3678平方千米，人口7.4万。2007年，全县森林面积534万亩，森林覆盖率达90.2%，占安康市林地总面积的28.8%，占陕西省林地总面积的12.9%，为此，被国家确定为全国生态示范区建设试点，全国天然林保护工程重点县。

由于地处秦岭主脊南北气候分水岭，因而这里成为我国中西部交界处最重要的动植物“基因库”，也是北亚热带物种最丰富的地区之一，其生态系统、物种遗传三个层次的多样具有典型性和代表性。

可以说森林生态资源是当地经济发展的巨大潜力，是地方群众赖以生存的最大财富。

镜头之一：2007年9月，宁陕作为全省10个林改试点之一正式确定下来之后，县委、县政府高度重视，立即将林改工作列入县委常委会和县政府常务会议议题，专题研究，全面安排部署。

同年10月3日，县委常委会上，县林业局长传达全省林改工作会议精神，提出了贯彻落实的意见。当谈到全县有林地480万亩，其中集体林地293万亩，农民人均达到50余亩等基本情况后，县委书记若有所思，十分慎重地说："我县的耕地十分有限，但林地是我们的优势，这次林改就是要充分利用好林地，挖掘林地资源的潜力，提高林地的生产力。发挥林地作用，就是要在林地集体所有权属不变的前提下，依法保障农民对林地的使用权和经营权，对林木的处置权和收益权，在以林地为核心的生产资料分配上，对于属于集体原始积累的森林资料资产，集体成员享有同等的利益、责任和义务，使林业生产关系进一步适应林业生产力的发展，从而使林业生产力得到更大的解放。"县委书记的一番话，使与会的同志从理论的高度认识到了这次林改的重大意义。县委常委个个踊跃发言，情绪激昂，一致认为要搞好这次林改，必须做到"三个一"，即有一支强有力的工作队伍，有一份科学合理的工作方案，有一套公正透明合法的运转程序。

于是很快成立了由县委书记为组长，县长为责任组长，县委、县人大、县政府、县政协分管领导为副组长，有关部门主要负责同志为成员的林权制度改革领导小组，并由一名副县级领导为队长，两名正科级领导为副队长的驻乡镇工作队和由一名副科级领导为组长的驻村工作组，还组建了 38个外业工作组，从有关部门抽调人员充实加强林改办的力量，下设行政组、业务组、宣传组、政策法规和纠纷协调组。同时，还设立了林改督导巡查小组，坚持定期督查指导。全县共抽调17 名县级领导，128名科级领导和 249名业务骨干，加上村组干部和相关人员，有近 3000 人抓林改，这是全县近年来开展专项工作抽调人员最多，队伍规模最大的一次。

如何起好步开好头，方案至关重要。为积极稳妥，县上确定从农工部、林业、农业、国土等部门抽出人员组建四个调研组深入全县14 个乡镇和部分重点村组开展深入细致的调查摸底，掌握基本情况，并由县委分管领导带队赴江西省遂川县考察取经。很快，《林改方案》经过县委常委会、政府常务会、林改领导小组会和村组干部参加的座谈会反复讨论研究，制定了林改工作意见，明确了一个目标，两个确保，三个不变，五个不改，五个落实和五项原则。一个目标，即兴林富民。两个确保，即确保农民得实惠，确保生态受保护。三个不变，即自留山长期不变，责任山稳定不变，合法流转的不变。五个不改，即国家重点工程建设需要征占的，即将规划进行各类自然保护区，在建拟建生态旅游开发项目直接 利用范围内的，在已指明具有重大开发价值矿藏分布范围的，权属争议暂时难以解决的这五种林地林木暂不列入林改范围。五个落实即明晰林地使用权，明确林木所有权，放活经营权，落实处置权，确保收益权。五项原则，即依法改革，分类经营，尊重农民意愿，尊重历史，有利于发展。

经过精心准备， 2007 年11月9日召开了县、乡、村三级干部共400多人参加的集体林权制度改革动员大会，省市林业主管部门到会指导，全面启动了林改工作。会议规格之高，人数之多，在近10年也是少见的。

一位年过半百的老领导深情地说："这是继我县农村土地改革和实行家庭联产承包责任制之后的第三次改革运动，党的惠民政策真正让群众当家做主啊！"当改革的脚步迈向山林的时候，沉静的山野顿时沸腾起来了。

县上领导来了！有关部门和乡镇干部也来了！他们带着微笑，带着充满希望的目光，到偏远乡村，到村组农户中去倾听群众的呼声，了解农民的期盼。那一声声嘘寒问暖的亲切话语，那一张张可亲可敬的面孔，给大家留下了深刻的印象和美好的回忆。

那是2007年冬季，在通往新场乡的道路上，4辆小车正艰难地前行。 这个被誉为宁陕"阿里地区"的地方，道路本来就崎岖蜿蜒，凹凸不平，加上大雪飞扬，车辆每前行一米都有很大的危险。坐在车里的，县上领导以及有关部门的负责同志没有丝毫的畏惧，他们冒着刺骨的寒风时而下来推车，时而下车清理路障，使得车辆顺利到达。

这个只有4个村的山区边远小镇，县委书记、县长每年至少要来慰问看望三次。这次来，一边走村入户把救济款和冬季用的棉被衣物送到贫困户家里，一边把林改政策宣传到各家各户。

宁静的山村因为县委书记的到来而热闹起来。附近的村民像赶场一样聚拢到村口，争相要跟书记说几句心里话。这些群众中，有80多岁的老爷爷和老奶奶，也有怀里抱着婴儿的少妇，更多的是年轻人。

在村子的院落里，村民们把书记、县长围在中间，高兴地拉起家常来，满山的松林和上百年的红豆杉似乎也在倾听书记与村民的谈话，小小的山村里不时传出爽朗的笑声和热烈的掌声。

望着一张张笑脸和一束束期盼的目光，书记激动了，他带着颤巍巍的声音对大家说："林改最根本的就是'山定权，树定根，人定心'。将来它的前景是：山更绿、树更多，老百姓的收入也更多。对于新场来说，地少林多，这更要求政府和大家一起用更大的决心和力量，推进林权制度改革，这不仅通过绿色银行发展生产，而且可以加快绿化，改善生态，使大家更快致富，给林区带来深刻和巨大的变化。"

话音刚落，村民们不约而同地连声说："好！好！"县委书记的率先垂范，激发了大家的工作热情。一时间，林改动员会、座谈会、技术培训会在全县迅速展开，以电视、网络、墙报、标语、简报、资料等多种手段为载体，频频报道宁陕林改政策，宣传林改方案，一封致全县林农的林改公开信也送到了农民的手里。还把政策送到家门口，组织宣讲团深入村组农户进行广泛深入地宣讲发动，全县上下从城镇到乡 村，从机关到院落，林改成为全县群众极为关注和议论的热点话题。

据不完全统计，全县共举办各类培训会200多场次，培训各级干部和业务骨干5000多人次，发布各类信息近万条，图片3000多幅，播发新闻130多条，编发林改简报20余期，办墙报、板报800余期，印发林改公开信 23000多份，发放政策读本5000多册。同时省林业厅、省广播电台还在筒车湾镇举行了林改专题采访和宣传活动，使干部群众明确了政策，提高了认识，提高了支持林改参与林改的积极性。

镜头之二：林改的核心是制定林改方案。它是在认真调查研究，摸清集体山林经营状况，广泛征求群众意愿的基础上，以村组为单位，召开村民会或村民代表会讨论并通过的。其格式要符合要求，内容要切合实际，方法步骤要符合规定。

这项工作得到了县委、县政府主要领导的高度重视。县长在县林改领导小组会议上非常严肃地说："林改方案直接关系林改的成败和群众的切身利益，方案制定得好，工作才好做，否则就无法实施。"在制定方案的过程中，林改领导小组采取走访老干部、党员和农户的办法，认真查找和核实林权证书、承包合同、权属证明以及林业"三定"档案等相关材料，对林地、自留山、责任山、流转山林和"四荒"拍卖山林及户数、人口底数进行全面摸底调查，登记造册。共发放调查表3000多份，入户摸底16000 多户，走访座谈22000多人次。在此基础上，选举推荐群众信得过的老党员和村民代表组建成村改领导小组，按照一村一策，一组一案，因地制宜制定出台林改方案。

2007年12月26日，筒车湾镇上演了一场县官与村官非常精彩的"面对面"评审会。县委书记、县委、县政府分管领导带领农工部、林业局、农业局、司法局等部门的负责同志步入会议室时，喧嚣的会场顿时鸦雀无声。

时值隆冬，面对村组干部，书记开口的第一句话："我先问大家几个问题：一是困难群众过冬生活怎样安排的？二是村组干部补助兑现没有？三是如何做好冬季森林防火的？"

村干部一一做了真实的回答，县委书记露出满意的笑容。

这些亲切的询问，让到会的所有人感到春天般的温暖，大家从紧张到放松，气氛渐渐变得活跃起来。

然而，评审村组林改方案才是"正戏"。当村组干部把本村本组的方案介绍后，书记"点兵点将"进行逐一评审，他们从不同角度对8个村33个村民小组的林改方案提出了完善修改意见。

会后，一位老支书感动地说："我当了20多年的村干部，很少遇到像陈书记这样和蔼可亲、平易近人，如此深入细致地关心农民的利益，为我们把林改政策关、利益关的领导，我们按照修订的方案不仅好实施，群众也高兴！"

类似这样的评审现场不仅感人，而且有效。2008年元月8日，邹县长亲自参加城关镇林改方案评审会，为全村林改方案的审核把关。县委、县政府分管领导带领审批小组巡回全县14个乡镇，与乡镇村组干部一起对方案进行研究审批，对不符合规定的限期修改完善，真正达到了三级联审，全面把关的目的，保证了方案的合法规范，具有科学性、可操作性。

镜头之三：群众是林改的主体，林改过程中自始至终遵守的一条原则是：充分相信群众、依靠群众，无论是制定方案，还是决策重大事项，把方案交给群众，由群众说了算。在决策时，严格坚持"一事一议"制度，实行"四公示""四签两不准"和"两个三分之二"，改革方案、程序、现状、成果张榜公示，做到公开透明；会议通知签收、群众参会签到、会议表态签字、会议表决签章，表决表态不准举手要票决制，参会表决不准代签；开会必须有三分之二以上的村民到会，表决必须有三分之二以上与会者同意后方能实施票决制。

山林分配是乡村民主政治的集中体现。民主的一个重要标志，就是人人可以说话，既然山林的所有权属于村集体，那么山林的分配就由全村村民来决定。

城关镇旱坝村时任党支部书记吕刚感触颇深。他说："民主决策是我们林改成功的基础，涉及老百姓的事，真正让老百姓作主才能收到满意的效果。"该村的林改是2007年11月开始的，由于这个村曾经是山地流转试点村，遗留问题多，当时村民心存疑虑，怕村干部搞暗箱操作，自己利益受损，当驻村干部和县委农工部、林业局的同志把林改政策和民主决策的原则说透了，村民的积极性才被调动起来。全村男女老少首先盯着的是实施方案。村支书说："我们反复讨论了多少次，前后花费了一个多月，根据群众意见拿出的方案才得到三分之二以上村民通过。现在基本完成了林改任务，群众特别满意。”

金川镇六里村有座山是20世纪80年代建成的板栗园，现在已是挂果期，由于管理到位，每年的收入相当可观，这次林改一开始打算拍卖，可竞争十分激烈，干部不知所措，最后村民通过充分发表意见，一致决定：那座山林由全组村民集体管护，股权到户，每年收入的30%留作公共积累，其余均分到户。老百姓称这种方式叫作“分股不分山、分山不分林”。招标、拍卖、承包和转让……这些听起来似乎远离农民的事，却在他们身上发生了。有一天，龙王镇棋盘村左家湾村民小组正对 8 块集体山林进行公开拍卖，全体村民均有权平等竞标。拍卖现场设在一所小学，那时正值学生放假，现场人头攒动，好不热闹，还请来了县里的领导和公证处的同志现场公证。拍卖开始，报价声、竞价声此起彼伏。最后 8 块山林各有其主，其中5号林地和10号山林分别以6000 元和1100元的价格由两个村民购得，其使用权和林木所有权均为50年。拍卖所得到的款项七成由村民小组按户均分，三成作为村公益开支。

公平、公正的前提是公开。把一切都放在阳光下，保证村民的知情权，做到程序、方法、内容、结果四公开。县、乡、村干部共同对方案实施的每一步参与和监督，丈量面积，价格评估，划分林地等都由村民代表全程参与。

“村民自治、民主监督……从来没有像今天这样体现得如此到位。”一位参与林改的领导深有体会地悟出了民主的真正含义。

镜头之四：林权制度改革办公室对外简称林改办，虽然没有正式编制，不是正规机构，没有专职人员，但这里的工作人员都是有关单位抽调的“专家”。无论是行政组、业务组还是政策法规组，无论是宣传组还是纠纷调处组，各组的负责同志都能独当一面，全身心地投入林改，尤其是长期在林业战线工作的局长、副局长和农工部主要领导，分别担任林改办主任或副主任，在林改期间刻苦钻研政策，经常到一线调查研究，牺牲了多少个不眠之夜和节假日。工作方案、相关政策、重大决策意见和阶段性工作安排都出自他们之手，还有四面八方的信息汇总和接不完的咨询电话，紧张和忙碌的程度不亚于正在作战的“指挥部”，只是没有弥漫的硝烟而已。

县委、县政府分管领导是林改的直接“指挥官”，他们把林改办称之为“神经中枢”，一动则牵全身。林改的重要时期，每周一林改办都有他们的身影，主持召开会议，研究安排近期工作，使林改工作一环紧扣一环，循序渐进，步步推进。

林改办工作刚刚起步时，头绪多，事情杂，为了尽快把工作理顺，星期天都得加班加点。又是一个周末，林改办工作人员照样没有休息，还是最忙的日子，召开的会议讨论的话题当然还是集体林权改革。

“集体林权制度改革是农村改革的深化和发展，我们能够赶上这个时候干这件事是十分欣慰的事，搞好了，群众会记住我们，也会增加农民收入，促进新农村建设。否则，将被人民唾骂，因此，这项工作只能搞好，不能有半点马虎，还要走在全省的前头，摸索出自己的经验。”县委领导的讲话，使在场的同志为之一振。政府分管副县长接着说：“宁陕农业用10万亩耕地解决了6万人的吃饭问题。而林地拥有 400 万亩，却没有解决6万人的用材问题，更没有解决对生态对经济发展的需求问题，其根本原因就是体制和机制不顺，阻碍林业生产的发展，这次改革就是从根本上解决这些问题，因此责任重大啊！”林农即是农民，包括国有、集体林场的工人，他们的生活、生产条件和工作性质、待遇，实际上也和农民相似，有的还不如农民。因此，解决山区的问题，根本的出路还在于改革。

林改办主任虽是临时头衔，但是是这次改革中极其重要的角色。当县上领导问这个“无冕之王”的角色如何扮演时，这位十分老到的林业局局长风趣地说：“我在位要浇三盆水。一盆水浇在头上，时刻保持头脑清醒；一盆水浇在手上，认真把握关键环节；一盆水浇在脚上，勤于下乡搞好督促指导。”

“三盆水”的故事很快流传开来，至今让人刻骨铭心，津津乐道。

镜头之五：在实施《方案》和确权勘界过程中，由于诸多因素，最容易出现各类矛盾纠纷，处理起来非常棘手，难度相当大。稍有不当，不但会影响林改进程，还会影响社会稳定。

关键时刻，担任林改工作队副队长的乡镇党委书记、工作组组长的村支书，还有从县上抽调的具有农村工作经验、担任林改工作副队长的县级部门科级领导，充当了非常重要的角色，他们个个牢记使命，敢于担当，循循善诱，用掏心窝子的话将一些复杂的事化为简单，将一些难办的事巧妙解决。

对少数难缠户，请来了当地有威望的老干部、老长辈来调解，效果极为明显。

本着“尊重历史，面对现实，互谅互让，注重证据，协调为主”的原则，许多矛盾纠纷得到很好化解。全县共调处各类纠纷913 起，化解率为 98.1%，其中权属纠纷 235 起，面积纠纷 116 起，林木纠纷 457 起，人口纠纷 105 起，涉及面积5.9 万亩，基本做到了“户间矛盾不出组，组级矛盾不出村，村级矛盾不出乡，乡级矛盾不出县”，党群干群关系、乡亲邻里关系明显改善。

林权勘界量大面广，技术性强，而宁陕技术力量不足，面对困难，市林业局组织7个县区11名技术人员和宁东林业局支援的7名技术人员，连同本县的共49名技术人员组成了36个外业小组，进行了全面的勘界确权工作。

条条沟壑留下了工作人员的深深足迹，座座青山洒下了勘界人员和村组干部、工作队员的辛勤汗水，经过他们的努力，全县306万亩集体林地，除自留山、责任山及合法流转山林维持不变外，其余均以家庭承包、分股不分山、公开拍卖等方式各有其主。

金色硕果篇

还山于民，还权于民，还利于民——山林在释放着巨大的潜能。山林还是那片山林，面孔还是那张面孔，但山林与人的关系调整变化了，山林的价值就不同了。正如改革后的农民所说："山还是那座山，但那是我的山，不再没人管，我成了永久的护林员，我在林下育菇种药，拓宽了致富的道路。"山林不再仅仅是山林了，山林活起来了，山林和资本、资产、股权抵押、贷币、利润、财富……

连在一起。

"大利大干、小利小干、无利不干。"林改后，不用任何人强迫，林农就自觉迈动双腿向商品生产的轨道迈进。正如专家所言："人叫人不干，政策调动千千万。"这就是政策的力量。

如今，宁陕初步达到了资源增量、林业增效、林农增收的目的。集体林区呈现出山活、民富、人欢的新景象，到处都可以感受到林改给农民生活带来的可喜变化。

成果之一：从物权的角度讲，山林要有四至，四至要有界碑，界碑是永久的固定物。

界碑的存在，意味着一片山林已经有了归属。在一定意义上，界碑是山林权属的标志物。然而，光有界碑是不够的，山林一旦生出争端，惹出讼事，最关键的证据是当事人要出示林权证。由于山林是不动产，山林的抵押、贷款和流转等经济活动也都是通过有效的法律凭证来进行。

林权证是证明山林权属的法律证明。

在宁陕的乡村，老百姓把林权证又叫"林照"。如今许多老百姓拿到林权证的日子如同喜庆的节日一样，放鞭炮、办酒席……在他们看来，这个绿皮皮上有国徽的本本，同结婚证、房产证、土地证等颜色不同的本本一样，具有同等的法律效力。

《森林法》第三条第二款规定："国家所有的和集体所有的森林，林木和林地、个人所有的林木和使用的林地，由县级以上地方人民政府登记造册，发放证书，确认所有权和使用权。”林权证发放非常庄严隆重。2008年7月19日上午，新场乡新场小学热闹非凡，来自全乡十里八村的乡亲们齐聚这里，高高兴兴地来参加林权证颁发现场会。300多名林农陆续从县乡领导手里接过323本崭新的林权证，标志宁陕林改全面进入发证阶段。期间，省林业厅领导，安康市政府领导闻讯奔赴宁陕，与县委书记、县长一起亲自为筒车湾和旬阳坝等乡镇的林农颁发林权证，与当地村民共同分享林改成果。当时那热闹的场面，振奋人心的讲话让人难以忘怀。

一位年过七旬的老农激动地说：“我老汉活了这把年纪，没有见过这样大的官和这样大的场面，林改叫我大开了眼界。”林改叫农民吃了颗“定心丸”，观念也发生了变化，舍得投入了。筒车湾镇朱家沟村羊坎组胡德华把分给自己的林子进行板栗嫁接，利用农闲组织家人给栗园锄草、施肥。他告诉我们：“山林从集体的变成了自己的，现在分给我的160亩林地，要变成‘摇钱树’当庄稼来种。”

44岁的刘海潮，这次共确权了466亩山林，他兴奋地说：“以前在集体林里搞啥种植心里总是不踏实，这回有林权证，我可以甩开膀子大干一场了。”他还算了一笔账，只要每年林下发展猪苓1000窝，5年一周期，循环发展，仅此一项就可以为他5口之家人均带来8000元的收入。

调查中发现，许多农民存放林权证非常有意思，他们把林权证或放在罐子里，或放在棚顶的秘密处。而大多数林农把林权证与存折、结婚证、房产证这些重要的东西放在一起，用一层一层的红布包裹着，压在柜子的最底层用一把锁锁起来，这显示农民把林权证当“宝贝”一样收藏着。

宁陕县林权制度改革试点工作得到了省市领导的高度评价。原省林业厅厅长王社年撰文称：“从宁陕林改成效来看，可以彻底解放山区的劳动和林业生产力，调动山区农民开发山林保护山林的积极性，促进林下经济、生态旅游等林业产业的大发展，全面提升森林经营水平和林地产出率，大幅度增加农民收入。” 2008年7月26日，省委、省政府召开林权制度改革试点县座谈汇报会上，时任县长代表县委、县政府做了经验性发言，宁陕的做法得到省上领导的充分肯定。这引起了安康市委、市政府的高度重视，2008年8月18日，市委、市政府召开专题会议，听取时任县委书记的汇报，认为宁陕的林改经验为安康全面推进林改工作提供了有益借鉴。宁陕一举成为安康乃至全省的林改先进典型，省内外的兄弟市县纷纷前来参观学习，考察取经。2009年宁陕被评为全国林改先进县，受到外界的广泛关注，名扬一时。

成果之二：该县先后出台了林业产业发展、林权流转管理、森林资产评估、林权抵押贷款、森林火灾保险、资源保护和服务体系建设等配套政策措施，健全完善了林业经营机制，组建了县级林权管理服务中心，乡镇林权服务站。全县流转林地51.4万亩，发放林权抵押贷款1555万元，林下种养业和生态旅游呈现前所未有的发展态势。

全县林农从事林业生产经营的积极性和主动性大大增强，经济林特园的综合科管效益不断提高，目前全县有板栗、核桃园27.5万亩，通过良种嫁接，病虫害防治，科学施肥等技术管理，产量达到5000吨以上，产值过亿元。

江口回族镇高桥村287户，1033人，森林覆盖率达88%，过去集体经济主要依托次改林场，农民收入主要靠椴木食用菌。随着国家天然林保护工程的实施，政府提出了“狠抓核桃产业，建长效增收基地”的发展思路，林改政策落实后，群众积极性高涨，累计建园4000亩，人均达4亩，其中优质丰产园2500亩，年核桃收入过万元的农户占6%，5000元以上的农户占50%，人均核桃收入达1060元。为延伸核桃园产业链，充分挖掘潜力，林农还在核桃园下大力种植苜蓿或其他饲草，放养牛、土鸡，实现了立体生态效益。金川镇六里村93户村民立足村情实际，抢抓机遇，在大力发展板栗产业的同时，在林下养鸡种药，以减少人力不可抗拒的损失，做到“板栗损失林下补”，使致富的路子越走越宽。

龙王、汤坪、梅子低山乡镇大力发展蚕桑产业，建成一批高效丰产桑植桑园，培育一批养蚕大户，推进蚕桑生产由粗放型向集约型转变。

发展地道名优中药材是宁陕努力的方向。根据市场前景和当地资源优势，宁陕县把半野生猪苓作为林下种植的首选品种，大力发展。江口回族镇冷水沟村民覃成云通过多年探索，成功养殖猪苓3000窝，2007年收入超过20万元，在他的带领下，村里60%以上的农户都发展了猪苓，成为远近闻名的专业村。

“林下经济”和生态农业让宁陕县6万农民走上增收致富的阳光大道，经济收入达到3.1亿元，仅此一项农民纯收入达到5000元以上，占总收入的70%。

收入的增加，促使农民的观念从“靠山吃山”向“养山护林”转变，植树、护林、养林的积极性大大提高。

有首打油诗这样写道：

公林好比唐僧肉，大家都想吃一口。

有人毁林无人护，乱砍滥伐没有数。

林改政策新出台，谁敢乱来受制裁。

自家林木自家护，山经念出大财富。

一位在深圳打工多年的当地青年，今年回老家亲眼目睹了林改给家乡带来的变化，不禁感慨万端，挥毫泼墨写下了这样一副对联：

山前山，山后山，吾山非汝山，山山皆为金银山。

林生根，根生林，彼林非此林，林林俱是聚宝盆。

林改带来的另一个明显变化是广大农村的村集体有了稳定的收入来源。据测算，乡村集体平均增收了3－5万元，多则达 10 多万元。村级组织可以拿钱来办大事情了，修路架桥、拉电，说干就能干起来了。

成果之三：林改破解了生态环境保护与地方经济发展这对矛盾的难题，激活了这片沉寂的山林。山门洞开了，各种社会生产要素开始向林业急速流动。

“文化兴县，旅游富民”已成为当地发展的主旋律。近年来，县政府和民间资本共投入数亿元实行了县城“五个一工程”，对县城进行绿化、美化、净化和靓化，县城面积由1.9 平方千米增加到了3.1平方千米，连续两年被省政府评为“城市环境综合整治先进城市”。江口、皇冠、筒车湾等集镇加速了生态城镇化进程，生态环境质量日渐提高，全县森林覆盖率达到90.2%，退化土地治理率达70%以上，县城人均公共绿地面积达14.5 平方米，城市污水处理率达80%以上，固体废物处置率达92%，空气质量、主要河流、出境水质均达标准。

西汉高速公路的贯通，拉近了宁陕与西安等大中城市的距离。宁陕县享有“西安后花园”和“天然氧吧”之美誉，生态旅游持续升温。

林改至今以来，宁陕牢牢抓住这一千载难逢的历史机遇，立足丰富的资源优势和便捷的交通区位优势，坚持把市场化运作和招商引资作为旅游开发的突破口，创新工作机制，敞开山门筑巢引凤，倾力打造让各类创业者动心的政策环境，放心的法制环境，顺心的体制环境，舒心的生活环境和倾心的人文环境，加快资源优势向经济优势的转化。

到2015年，宁陕县先后引进了西安海荣集团、陕西华鑫公司、陕西新流水实业有限公司等20多家省内外企业，开发了中国秦岭朝阳沟休闲度假区、上坝河国家森林公园暨国际狩猎场、大蒿沟休闲度假区等20多个旅游项目，引资总额突破200多亿元，呈现出集群开发的态势，成为全省旅游招商引资的排头兵、秦岭片区生态旅游投资开发的一方热土。

近年来，全县累计完成旅游开发投资近百亿元，突击打造了“三区两漂一园一城”特色旅游景区，初步形成了“两线三环六区”的旅游开发格局。

皇冠镇第一个引进旅游开发项目——朝阳沟生态旅游区建设。该镇将景区移民拆迁安置与推进农民进镇定居有机结合起来，按照“集镇建设旅游化，集镇管理社区化”的思路，全力打造精品工程，破解了集镇建设缺乏资金的难题。同时采取让农民承包开发建设中的工程，企业用工优先考虑被征地农民，部门结对帮扶兴办产业，有组织地发展劳务输出等办法，多途径、多渠道增加农民收入，解决了农民进镇后的生计问题，促进农民向集镇转移。

如今，集镇面积由原来的0.8平方千米扩大至2平方千米，集镇人口由200余人增长到2000余人，一座富有陕南特色的山水园林旅游集镇，在绿水青山间悄然崛起。社区服务功能完善，基础设施配套，民居特色鲜明的大蒿沟生态旅游开发成为陕西沟峪旅游的经济发展样板。

宁陕制定出台了旅游新村及农家乐发展规划和系列优惠政策，鼓励农户发展以农家乐为主的农家餐饮、农家宾馆、特色商品购物等第三产业，倾力打造面对西安大市场的高品质乡村休闲旅游区，采取部门“一帮一”，大力发展旅游经济，带领群众致富。

“车程1小时，风光两重天。”通过旅游开发，昔日闭塞落后、无人问津的贫困小村，每到夏季，前来休闲度假的城里人络绎不绝，沿铁文公路进入蒿沟，一路上随处可见往来的旅游大巴、小轿车，农家生意异常火爆。

“现在到我们这儿来玩的西安人多得很，特别是每到周末来的人更多。”家住蒿沟村的农户自豪地描述旅游开发给这里的农户生活带来的喜人变化。

随着农家乐的悄然兴起，农民自家的土鸡蛋值钱了，促进了养殖、种植业的发展，形成了生态旅游“一业带多业，多业促一业”的良性发展态势。目前，仅蒿沟全村已建成良种核桃园，嫁接板栗园近20万亩；发展白灵菇等珍稀食用菌200万袋；以虹鳟鱼和金鳟鱼为主的冷水养殖水面超过10000平方米。仅2013年，全县接待游客272万余人次，实现综合收入12.8亿元，其中蒿沟村农家乐户均年收入5万余元。全县人均纯收入达到14500元，较2008年的人均3250元净增11250元，获得了“省级生态旅游名村”的荣誉称号。

林改激活了山林，撬开了山门，生态旅游从无到有，风生水起，县城经济社会发展实现了由“灾后恢复性增长”向“旅游富民、文化兴县”的突破性跨越，荣获“醉美陕西，最具人气旅游县域”和“亚洲金旅奖，最佳绿色生态旅游名县”称号。

“西安后花园”“天然氧吧”“生态福地”等诸多美誉被许多游客所认可。自然景观美妙，人文底蕴深厚，四大国宝齐聚的宁陕，秀冠三秦，名传中国西部。

（本文发表于《汉江文艺》）

情洒这方热土

这次苏陕两省干部交流，把发达地区的干部交流到不发达地区，随之而去的将是新的观念，先进的科学技术和管理经验，这就为扶贫注入了新的生机和活力，有力地改善了扶贫的运行机制。

——摘自《报刊评论》

十年一瞬间。

改革、开放、搞活，给城乡带来了突飞猛进的发展变化，祖国真正走出了一条强国之路、富民之路。然而，受地理、环境等各种条件的制约，贫困地区与发达地区的差距越来越大的现实触动了党和国家的领导人，乃至一些关心老区，热心扶贫事业的老同志。

在苏陕两省的积极努力和国务院开发办的支持下，经中央组织部批准，苏陕干部交流的动议计划变成了现实。

这是一大创举！

这是我国扶贫史上的一大创举！

一、历史的抉择

1991年4月10日，阳光灿烂，春光明媚。

当江苏太仓援宁的两名干部乘坐北京吉普车疾驶在弯曲的秦岭山道时，在他们眼前展现的是层峦叠嶂、森林茂密的一片绿色世界，清泉流水叮咚作响，鸟语花香姹紫嫣红。这就是宁陕，这就是宁陕大地充满生机的春天！

这是充满期待的季节。

深山虽春寒料峭，暖风却顺着川道一股股地吹来。

作为吃苦耐劳、生生不息、开拓创造的山里人，今天迎来了千里之遥的南方干部来和大伙共同开发这块富饶的土地，这是做梦也未能料到的事，人们从心中发出感叹：“只有社会主义，只有共产党，才能谋出这样的大略。”

沉浸在喜悦中，大伙还未看清两位援宁的太仓干部的面孔，两双有力的大手已与宁陕县六套班子领导的手紧紧地握在了一起。

一路辛劳，未及洗尘。县政府常务会议室里已灯火通明，早已恭候在此的记者此刻忙得不亦乐乎，拍照、录像，镜头对准这欢乐的场面。

在热烈的气氛中，会议首先介绍了两位太仓干部。

人物之一：陆冬泉，大专文化，中共党员，时任宁陕县政府副县长，年近花甲却精力充沛，一缕花白的银丝是风霜磨砺、辛勤劳作的见证。

人物之二：王炳昌，中专文化，中共党员，时任宁陕县政府县长助理。中等个头，结实的身体，少点南方人特有的玲珑之感，再现了一位中年人精力旺盛、充满血气的特点。

他们都有一个温暖幸福的家，本可以享受天伦之乐，却甘愿放弃这一切，赴陕南贫困山区工作。当大家得知陆县长临走前妻子刚动过腰椎手术，还没有拆线，还住在医院就匆匆离别时，一道道敬佩的目光一齐投向这位年过半百，热情、豪爽、乐观的老领导。

二、认识后的思索

崇山峻岭、沟壑纵横的宁陕，远比他们想象的还要贫困落后。然而这里资源丰富，人均占有活立木高于全省乃至全国水平，矿产资源蕴藏量大，这些得天独厚的自然优势，虽未得到开发和利用，但如何把资源优势转化为商品优势正是县委、县政府奋斗的目标。

县委、县政府一班人无不在焦虑中思索，为官一任，怎样富民一方?

困惑中，试图在木材上找到一条富

县、富民之路，于是，建立了“三板一砖”为主的木材加工企业，结果木材加工利用率不高，废料、下脚料和枝丫梢头弃置未用，尤其是沿河、沿公路地段林木砍伐严重，致使森林资源出现结构性的紧缺和衰退。以木材为原料的地方工业和乡村企业受大环境影响，经济效益更是不尽如人意。

正当人们在迷惘徘徊之时，迎来了太仓援宁干部这一历史机遇。

要启动宁陕工业走出低谷，加快工业富县步伐，就要瞅准路子，找准问题关键所在。于是，他们从来宁陕的第一天起，就惜时如金进入调查研究之中。

白天深入企业、单位等基层，所到之处总是认真听汇报，谈问题，谈打算。没有高谈阔论，不讲空话套话。来也匆匆，去也匆匆。

黑夜吞没了星星和月亮，他们还在灯下辛勤地查阅文件资料，直到夜深才肯休息。

宁陕山高气寒，又值隆冬，零下16摄氏度的气温，硬邦邦的单人木板床，冷被窝真叫人难以入睡。

特别是太仓饭菜习甜而宁陕口味习辣，更使他们感到不习惯。太仓、宁陕的生活条件差距大先且不论，他们努力克服生活上的困难，有时跑企业、开会、出差，错过了食堂开饭时间，索性用方便面充饥。艰苦的生活，给他们的身体带来了诸多不适，尤其是陆县长心脏不好，曾患过胃出血。

一次，王助理刚准备乘车外出，突然恶心呕吐，惊动了县委、县政府领导。后来才得知是因为饿极了，吃了发霉的食品造成了中毒。

他们将这一切全都置之度外。

经过进一步调查，他们的眼睛亮了。该县虽地处深山峡谷地带，农民基本解决了温饱，工业已经有了基础，这为富县富民奠定了可靠的基石。

但是，工业生产面临的许多困难和问题不能不叫人忧虑。县属10个企业有7个亏损，究其根源是产品单一，设备落后，规模小，档次低，加上人才匮乏，管理不善，市场疲软，产品积压等内外因素，造成企业效益差，难以走出困境。

全县58家乡镇企业，分布在5区26乡（镇）。这个在太仓被称为“半壁江山”的“农二哥”，在宁陕却当不了“顶门杠”。28个乡办工业占工农业总产值的比重仅为6.3%，且产值不高，效益不佳，尚未形成规模。

不到一个月时间，他们对宁陕状况有了全面的了解，这为县委、县政府工业发展的设想提供了第一手资料和依据。在此基础上，他们撰写了万余字内容翔实，具有真知灼见的调查报告——《我们对宁陕工业经济的一些想法》。

针对宁陕工业的现状，他们提出了“两手抓”的方针。即：一手抓新项目的开发，另一手抓招商引资，设想了三个项目，四个需要，五条措施，受到了县委、县政府的充分肯定和高度重视。

他们那种忧山区贫困所忧，急山区工业起飞所急的主人翁姿态，那种高效率、快节奏、废寝忘食、夜以继日的工作作风在干群中产生了强烈的反响。

人们折服，人们激动，更感叹！

三、启示与开拓

机遇，从某种意义上说就是企业的生命。失掉机遇就意味着失掉了平等竞争的权利。善识机遇，善抓机遇，独具慧眼，才是成功的关键。

困难中蕴藏着潜力。博大山区，群山宝地，希望在山，致富在工。

时任县委书记一拍脑门，有了！

多年的探索与寻求，多年的曲折与彷徨，终于在县委最高层次会议上统一了认识，得出了结论：封闭的山沟，祖祖辈辈日出而作，日落而息，农民不出山，干部难出县，信息闭塞，观念陈旧。应打开大门，迈出山沟，掌握经济风云。推开窗户吹进新鲜空气，加速更新观念，挖掘内在潜力，调整产品结构，开拓新市场，发展外向型经济。

经过太仓援宁干部的牵线搭桥，1991年7月10日，县委书记、县长带领宁陕党政代表团赴太仓考察、学习，实地参观了20多个县、乡、村办工业企业，签署了《太仓县、宁陕县关于建立两县长期经济技术协作协商纪要》。

之后，太仓县县长和宁陕县副县长先后率团进行了对换考察。截至1991年底，两县友好往来人员125人次，其中宁陕赴太仓9批103人次，太仓来宁陕5批22人次；签订友好往来协议4份和经济贸易及技术协作协议14项，其中11项贸易合同总金额达400余万元。

从太仓考察归来的干部，无不翘首咋舌，津津乐道。他们大会讲，小会说，街头巷尾人们把太仓的变化当作议论的中心话题。通过实地考察和放看录像，干部群众受到了很大的启示，他们真正感受到了中国大地拂过阵阵温馨和煦的春风和带来的巨大变化。那种口头上喊以经济为中心，实际上是“自我为中心”；那种农本观念，封闭意识，小富即安的思想，墨守成规的习惯；那种面对困难摇头叹气，落后心安理得，亏损理直气壮的状态；那种“旁观者”“评论员”“局外人”“太平官”；那种把政策用得不活，管得过多，统得过死，该统的统不起来，该放的放不下去，企业缺活力，制度机制不健全的现状得到真正的冲击和转变。

经过认真反思，寻找差距，一场“学太仓，我们怎么办？”的大讨论在全县展开。

县委、县政府抓住关键下“重锤”，成立了工业领导小组，县级六套班子领导挂包12个重点企业，从县级机关抽调9名干部充实和加强了企业的领导和管理力量，制定了《关于搞活工业企业若干问题的暂行规定》，召开经济工作会议，解放思想，振奋精神。一系列措施，招招见效，处处显灵，全县上下掀起了兴办工业支援工业的热潮。

“找米下锅”“借船过河”一时成了很时髦的词语。

陆县长、王助理本着“任实职，办实事，求实效”的态度来抓工业，面对亏损企业，不叹息，不气馁，不作客人，凭着实干和开拓进取精神来下活这盘棋。

他们整天奔波在企业中，狠抓达产达效，强化内部管理，引进科技人才，进行技术改造，调整产品结构，开发系列产品，由粗加工向精加工过渡。他们日复一日地忙碌着解决原材料、资金等方面的困难，研究制定切实可行的激励措施，促进完成各项任务。

《宁陕情况》刊登了这样一篇文章。文中这样写道：“他似一滴晨露，像一粒细砂，没有豪言壮语，没有惊骇的事业，只有辛苦的实干，只有对党坚定不移的信念，这就是副县长陆冬泉——一个平凡的共产党员。”

作为县政府主管工业的领导，他感到自己肩负着重要的职责，时时刻刻想着企业，把有限的时间奉献给了这个第二故乡。

要达到“三个和尚有水吃”的局面，首先要真正提高劳动者的生产积极性，实行“责、权、利”管理法，即将工作职责与劳动报酬紧紧挂起钩来，使企业中事事有人管，人人有事做，各司其职，各负其责，各尽所能，按劳分配，打破了分配上的平均主义，亏损企业很快活了起来。

从宁陕的实际出发，稳定发展现有企业，合理利用本地资源是基础，是根本，除此之外，还应发展外向型经济，开发“两头”在外的项目，蓄积工业发展后劲。

为上新项目，王助理迎着凛冽的寒风，踏着冻土，走出了家门。不到20天工夫，跑遍了4省近10个县市，四处“攀亲”，八方求助。精诚所至，金石为开，终于找到了联合的“亲家”——河南省郑州市塑胶厂横向联合的项目：PVC玻璃纸生产线于12月初建成并一次试产成功。

由他们穿针引线，三个东西互助合作项目实施进度顺利。令人欣慰的是，全县先后组织了三批共64人去太仓进行培训，学成即可上岗。

远销上海、北京以及国内外其他地方，颇受港商青睐的宁陕地板条，由于缺技术，差管理，生产进度慢，产品供不应求。王助理整天“泡”在该厂，抓管理，促进度，还亲自带领17名行政管理人员深夜加班清废料，干得汗流浃背，脚磨出血泡，感动了全厂职工，振奋了职工的士气。从此该厂产品产量直线上升，7月、8月实现了当月扭亏为盈，创造了建厂以来月生产最高记录。

在抓好县级企业的同时，他们把视野扩展到乡镇企业。根据县委、县政府确定的以西万公路沿线为主，兼顾各区公所在内的“一线九乡三点”，共12个乡镇作为发展乡镇工业重点的布局战略，为了促进乡镇工业的发展，先后走访了四区14个乡镇，访问调查了18个乡办工业企业，召开座谈会，探索解决现有企业生产中的问题，使已经初具雏形的木材综合厂、微肥厂、花炮厂等企业向正规化管理、高效益方向发展。

人们常说数字枯燥，但下面一串串鲜活跃动的音符，却向人们展现了汗珠与心血铸就的成绩：

1991年全县工业产值累计完成1749万元，比上年增长9.04%，完成年计划的101.1%，销售收入同步增长，经济效益有所回升。

这可喜的成果，使宁陕人民看到了希望，看到了前景。

东西互助和干部交流，给宁陕注入了活力，使这块土地开始充满生机，那块冻土已在强劲东风的吹拂下渐渐复苏，迎来了一个和煦美好的春天。

（本文发表于《陕南纪实文学报》和《五味果》）

真"假"小康村风波

地处秦岭脚下的宁陕县小川乡六里村，1994年被县委、县政府确定为12个县级小康示范村之一。几年来，在县级有关部门和当地党委、政府的帮助指导下，村党支部、村委会一班人带领全体村民勤劳致富奔小康，取得了显著成果，实现了三年跨越三大步，一年迈上新台阶：1995年建成县级小康示范村；1996年建成地级小康示范村；1998年被省委、省政府命名为省级小康示范村。同时，还荣获县级林政管理模范村、全国造林绿化"千佳村"、地级文明村、地级先进党支部等诸多荣誉。

正当全村村民沉浸在喜悦中时，1998年7月8日，该村一位从政府机关退休的老干部朱熙正怀着对基层工作极为关心和负责的态度，分别向县人大、县政府领导寄去两封引人关注的反映信。

他在信中反映说："今年七月一日，六里村党支部、村委会召开党员、村民代表会，会上村主任做工作总结和今后三年发展规划，讨论中我对1997年粮食和收入基数的真实性提出疑问而引起讨论。

我对1996、1997两年报表的失真怀疑依据：一是连续三年夏秋干旱，主产玉米大幅度减产，六里村水田很少，大部分是沙坡地，抗旱能力低，也无水可抗。板栗、食用菌也因旱歉收，而报表上却是大幅度增产增收……

问题的症结在哪里，统计的真实性如何，事关群众利益，事关《统计法》。我写信向领导反映情况，动机是善意的，不是要处理谁，而是关系到党和政府在群众中的形象问题。"

这封反映信引起了县委、县人大、县政府领导的高度重视。时任县人大常委会主任的吴永荣批示："请统计局调查核实。"时任县长的党少亭明确批示："统计工作是一项十分严肃的工作，必须尊重事实，不能凭主观意志和想当然。朱熙正反映的问题应引起各级领导的重视，就此对我县统计工作进行一次认真总结，以树《统计法》之威望。"

宁陕县统计局收到批转件后，局长亲

自带领两名持证检查员组成调查组，于1998年8月19日深入小川乡六里村4个村民小组及农户，对1996年和1997年统计年报数据质量进行了为期一周的调查了解。先后调查当事人、知情人共11人，召开村组和村民代表调查会、座谈会4次。经过大量的调查核实，澄清了朱熙正所反映的问题。

调查情况表明：小川乡六里村是县委、县政府确定的12个小康示范村之一，从1994年开始抓小康建设工作，1995年2月，县委、县政府抽派驻村小康工作组，指导帮助该村工作，在县级各有关部门的大力支持下，六里村党支部积极发挥战斗堡垒作用，带领全体村民勤劳致富奔上了小康之路。

几年来，干部群众团结拼搏、开拓进取，取得了可喜的成绩。经济和社会发展成就瞩目：人均占有基本农田1.15亩，人均占有粮食925千克，人均板栗园3.7亩，已成为全省有名的板栗专业村，全村户均年产板栗370千克。村民生活发生了历史性的变化，农民人均收入由1994年的930元提高到1997年的2860元，最穷的农户人均纯收入都在1400元左右。五保户全部供养，村民衣、食、住、医都有保障，人均住房面积达25平方米，文化生活大大改善，电视覆盖率达100%，98%以上的农户通了电，用上了自来水。公路贯通全村，村容村貌整洁，社会治安良好，村民安居乐业。

然而，1996、1997两年此地夏秋遭受旱灾，农作物减产，农民减收，而报表却是增产增收，问题的症结在哪里?

调查情况表明之一：六里村充分发挥当地资源优势，坚持用奔小康统揽农村工作全局，以增加农民收入为目标，加强基础设施和精神文明建设，小康工程建设取得明显成效，产业结构发生明显变化。工业仅占12%，农业占41%，多种经营占47%，仅板栗一项占到工农业总产值的两成以上，成为宁陕县主产板栗、苹果、蚕桑、食用菌基地乡之一。

调查情况表明之二：贯彻“科技兴村”力度大。六里村有县科技部门认可发证的农民技术员7名，有85个科技示范户，占村总户数的92%，每个劳动力都掌握1-3门致富实用技术。依靠科技稳粮增收的意识明显增强，学科学、用科学在该村蔚然成风。粮食生产上，引导村民用良种，采用水稻、玉米三项技术，提高单产，增加总产。同时，将科技运用到板栗、蚕桑等主导产业，老板栗园嫁接改造等项目上来，获得显著的经济效益，粮食增产，科技含量占20%以上。

调查情况表明之三：出生人口、农民负担、林特生产呈现“两减一增”趋势。一是人口出生逐年减少，六里村人口出生率每年是以3-4‰负增长。二是农民负担逐年减轻。通过对“三提五统”负担指数进行测算，统计数字显示六里村1997年村民年人均负担数为26.45元，低于全乡

人均年负担1.53元，农民负担综合指数近3年下降5.47个百分点。三是村民发展“绿色企业”形成气候，多栽树成为村民的自觉行动，林特基础形成规模，林特园逐年增加。目前仅板栗园一项人均达3.7亩，被授予县级林政管理模范村，全国造林绿化“千佳村”。

大量事实证明，小川乡六里村不仅发生了可喜的变化，而且学法、用法和执法的风气正在形成。经统计部门调查核实，从农村经济统计数据总体来看，反映该村国民经济和社会发展的经济数据基本可靠，客观地反映了实际，未发生趋势性的差错。正如时任村支书黄再成说的那样：“《统计法》我理解，不能多报，也不能少报，伪造是可耻行为，村上统计信息工作组是健全的，基础工作实在，统计数据是可靠的。”

通过这次调查，充分证实了小川乡六里村不仅是名副其实的小康村，而且成为全县农村统计工作的样板。为推广他们的经验，提高全县统计数据质量，统计部门确定把六里村建成统计示范村，从1999年1月1日起，实施农村经济抽样调查工作。

县统计局依法调查核实群众反映的情况，不仅澄清了真“假”小康村风波，而且严肃了统计执法。他们这种认真负责的办理群众来信来访的精神，得到当地群众的普遍赞誉。县委书记认为：“统计局的这份调查报告有理有据，材料翔实，有参考价值。建议转发全县，请副科级以上领

导都与统计局的领导一样，认真对待群众信访，做深入细致的调查研究，以科学的态度，尽职尽责地搞好本职工作，为宁陕的稳定发展做出贡献。”

1998年11月20日，宁陕县委办公室转发了统计局《关于对朱熙正同志致信反映小川乡六里村统计年报不实的问题调查报告》，在全县引起强烈反响。朱熙正为此特意给县上领导又书信一封，对县上如此重视一名普通公民的反映信深表感谢。

（本文发表于1998年《陕西日报》法制专刊头版头条）

后 记

我的激情岁月

阮杰摄影作品——魅力草甸

有一次在全省中青年作家培训班上，讲课老师让大家谈为什么要写作，我谈了自己的看法。首先，我认为，作家本身谈写作严格地讲是不准确的，所有人都在写作，但不是所有人都能算作家，因为写作范围太宽，作为作家，写出来的任何作品必须与众不同，即便是同样的命题写出来的文章也应该不同，这叫创作，而不是写作，如果一样或者基本一样那也不叫创作。所以要称得上作家这个称谓，必须有自己的东西，更高的要求就是有自己风格和特点的作品。其二，为情爱而写，人是感情动物，每个人都有爱心，爱国家，爱故乡，爱父母，爱亲友等等，作家的爱应该是大爱，比一般人更热烈、更深沉、更疯狂，这样才有充分的想象和激情写出让别人与你有同感的东西。其三，为感动而写，在我们身边有很多令人感动的人和事，这在于你怎样去发现，去挖掘，去把握，而后写出好的作品，这就要考验作家的审美情趣、写作技巧等，体现作家的写作水平了。其四，为追求而写，每个人写作都有自己想要的结果，或者求名，或者求利，我这人不求名利，只求自己的创作水平一天天能达到新的高度，公开发表或得到读者的认可，为宣传家乡做点贡献，如此而已。

提起创作，我从小受老师、家庭和环境的影响，便爱上了文学。那是20世纪六七十年代，许多知识分子被打成了右派下放到边远的基层工作，我的家离省城西安近，有一批西安的右派下放到我所上学的江口中学给我们带初、高中课，他们不仅课讲得精彩，字也写得特好看。有一次语文代课老师讲了著名作家魏巍的名篇《谁是最可爱的人》，我不仅被文章里的人物那种舍生忘死的精神所感动，而且对作家魏巍至今都难以忘怀，从此作家在我心里是个很神圣的字眼。我很崇拜作家。那个年代重文轻农，文人吃香，因此很多年轻人就有了当作家的梦想，我当然是其中之一。20世纪80年代安康举办文学讲习所，我也参加过多次，听过陈忠实、贾平凹、张虹、陈长吟等一批著名作家讲课，开始踏入了文学之路。父亲是个中学教师，忠厚敬业，经常从学校借回很多名著让我读，母亲虽没有工作，却是个能说会唱、勤劳能干的家庭妇女，一有空就在火炉旁给我们讲《水浒传》《红楼梦》《西游记》和《三国演义》里面的传奇故事，我听得入神，记得深刻，之后对文学产生了更加浓厚的兴趣。

进入20世纪90年代，我从教育界改行从政，开始在文化馆搞创作，成立了五味果文学社，一批文学青年踊跃加入，由于领导的重视和支持，活动多，可以说红红火火。我还创办了《五味果》文学小报，当时条件艰苦，手刻油印，我既当编辑又要刻版，经常加班，虽然苦点但乐在其中，由于办得有特点有质量，在县内外很有影响。有了点小名气，我很快被县领导看中，调到县政府办公室当秘书，后来当政务副主任，写文件写讲话稿，写得眼放光头发麻，多为空话套话。我觉得这份工作不好干，经再三请求调到县委宣传部搞新闻，总算写了点实在话，这一干就是6年，那时较年轻，常下乡到一线采访，加班熬夜写稿件，很敬业很卖力，每年有大量的新闻稿件和报告文学、诗歌、散文在中省市多种媒体发表。由我撰写文稿拍摄的十多部电视专题片在中央和省市电视台播出，影响越来越大，我也因此连续五年被《陕西日报》《安康日报》等媒体评为优秀通讯员，被多家新闻单位聘为特约记者。

“媳妇终于熬成婆。”2002年我担任了县科技局长，跑项目争取资金，抓点示范，忙得不亦乐乎，还要招商引资，经苦口婆心地引介，终于感动了北医大安康制药厂的老板在宁陕建起了1000余亩绞股蓝基地，被省科技局验收授牌，这算得上是宁陕历史上第一家真正的农业招商企业。我在任时倡导抓药材产业，先后在旬阳坝、江口冷水沟、新场等地建起了万余亩的猪苓示范基地，迅速在全县推广普及，至今成为当地农民增收的“当家”项目。在县委农工部当部长期间，我刚上任，有人就投来白眼，还说：“那是条冷板凳，这下你轻松了。”可不是，第一次进了农工部的门，满桌的灰尘，板凳桌椅是20世纪70年代的，有的还只是三条腿，两个纸箱装着档案，唯一留下来的财产是一捆信纸。据说这个单位每年总开支不到2万元。我把这一情况汇报给县上领导，他们都感到意外，于是我就谈了自己的想法，得到了认可支持，很快改善了办公条件，配齐了领导班子，增加了干事人员。有人有经费，工作很快走上正轨，调查研究，为领导科学决策当参谋，又成为了农口真正意义上的牵头部门，部署工作，检查考核成为常态。期间我还完成了农民增收产业规划编制，特产办也放到了农工部，可以说职能得到了应有的发挥，连续5年在省市县综合考核中获一等奖。

有人说：“把热板凳坐稳就不错了，要把冷板凳坐热那就难了。”其实，想干事的人无论在哪个岗位上都能干事，关键是你想不想干事，有能耐的能干成几件有影响的实事。我有幸在县政府、县委陪了几任领导，在他们身上学到了不少知识，也长了不少见识。那些年宁陕变化特别大，林改、营养工程、九年免费教育等在全国出了名，成了典型，不能不说他们的眼光远，执政能力强水平高。我作为一名没有靠山的农村娃，今生遇上了这样的领导，能干上科级一把手，一干就是十多年，算是幸运儿。这个不是我得意的，让我受益的是认识几位“贵人”，能在紧要处拉我一把，为我说话，使我终身难忘。当然，我也深感搞行政工作的艰辛，搞政治的残酷与险恶。幸运的是，我结识了许多新闻文化界的朋友，得到了他们的帮衬，受益匪浅，文学、书法、摄影创作大有长进，连连在中省市拿大奖，收获颇丰，这让我倍感欣慰。

年龄到站，退居二线，这是职场的规矩，但组织和领导信任，又让我担任县文联主席兼县作协主席职务，这是我的最爱，当然很乐意，在有生之年能为宁陕文化发展尽点力也是我的心愿。2011年，我精心策划了“诗意宁陕·秦岭笔会”大型文学创作采风交流活动，省作协、安康市委市政府分管领导及安康报社、宁陕县四大班子主要领导出席活动，现场为宁陕颁发了陕西省文学创作基地、陕西省散文创作基地、汉江诗歌创作基地三块牌子。省内外近百名著名作家、诗人及文化学者齐聚宁陕，交流文学创作，共话宁陕发展，县级活动规格如此之高，在陕南乃至全省尚属首次。我还多次邀请著名作家、诗人、摄影家、书画家，写宁陕、画宁陕、拍宁陕；抓辅导搞培训，发现人才，壮大文学创作队伍。此外，我还多次在市县组织了“山水秦岭·印象宁陕” 和“秦岭之心·绿都宁陕”九地市书画摄影优秀作品展以及征文、视频创意大赛，对外宣传效果良好，反响强烈。每次活动之后，各

秦岭笔会论坛入会人员合影

位作家、诗人、书画家、摄影家都会留下一批有分量的作品，许多在省级以上报刊发表或者被编辑成书，或者通过我县主办的文学彩报《秦岭笔会》整体推介，对提升宁陕的知名度和影响力起到了重要作用。围绕宁陕文旅融合发展，经过反复研讨，专家论证，确立了打造子午道文化品牌，对宁陕的长远发展具有重要意义。同时，发挥协会作用，开展经常性的文化走基层、进社区活动，极大地丰富了城乡群众的文化生活。

省文联、省市作协每年都要举办各类形式的培训班，我都有幸参加，先后听取了肖云儒、贾平凹、红柯、朱鸿、阎安、刑小利、王蓬、张虹、李春平、王晓云、李小洛、曾德强、杨常军等有影响有实力的老师讲课，较系统地掌握了文学创作的基本技能，对提升自己的创作水平有很大帮助，先后创作的一些对家乡发展、社会变化、人生思考有一定深度的作品在市级以上报刊和网络媒体发表，产生了一定影响。刘云先生在宁陕担任领导期间，工作之余写了不少关于秦岭题材的散文，先后在中省主流媒体刊发，反响极好。他的文风对我产生了一定影响，通过他我还结识了梁衡、穆涛、宗仁发、张洪波、李琦、杨鸥、安黎、商子雍、商子秦、朱文杰、周养俊等大家名家，与他们交流创作，听了他们的高见，胜读十年书。

人到60岁，该回头看看自己走过的路，留下的脚印有多浅多深，前半生虽当过小小的官，算得上尽职尽责，莫负组织

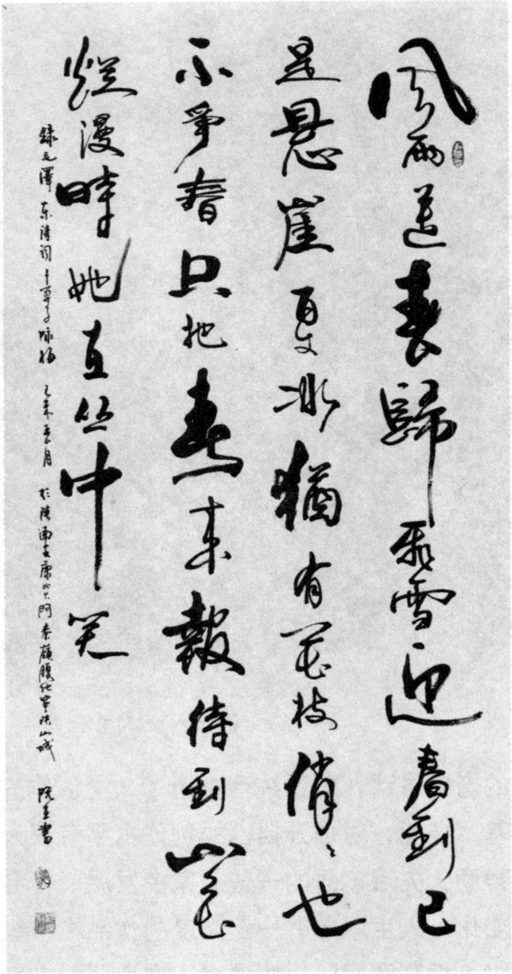

阮杰书法作品：毛泽东诗词卜算子·咏梅

和领导的厚爱，家人亲人的支持，没有功劳还有苦劳。口碑如何皆让后人评说，不过空余时间写了些自己认为还过得去的文章，这是我最大的收获。我常常想起那句话：“人生既是生命轮回，激情只是刹那，惊艳不过一瞬，财富本在身外，荣誉只是虚名。”我一向做人低调，不爱张扬，许多亲朋好友劝我出本书，我一直犹豫不决，可是安康市作协主席张虹老师发了话，那可是任务，不是劝了。我终于鼓足勇气筛选了部分作品出这本散文集，为了拿得出手，特别邀请贾平凹主席为我题写了书名，当时请他写这几个字时没有说明用意，他写得放松、写得顺手，用上效果出奇得好，我从心底里表示敬谢。还要感谢穆涛老师写的荐语，话虽短，分量却重。更要感谢陈长吟老师在百忙中为这本书作序，他是我走上文学之路的启蒙老师，知我底的，看得出他是用心写的，虽然过奖，但文章十分精彩，为本书增色不少。同时，还要感谢县上有关领导的支持和鼓励，道友们的帮助，钟帆、张星、姜方平三位同事牺牲休息时间细心审读稿件，减少了差错，在此一并致谢。

有了几本书，老了退休了，好一个人坐在屋里翻翻，回味一下往事，感觉那些日子没有虚度，做了件正经事，再想人一辈子，就像手中这本书，日子“哗啦啦”一页页翻过去，不必留恋，无须叹息！

我一生受路遥的作品影响大，但未见尊容，为了却遗憾，在出书前特意到白鹿原影视基地在他的雕像前与其合影，用于个人简介配图，是为记！

本书难免有这样那样的不妥或者错误，敬请各位读者批评指正。

阮杰2018年4月于宁陕五郎关口